サイレント・コア
都市部展開汎用指揮通信
[エイミー]
全長 5.38m
全幅 1.88m
全高 2.35m
総重量 2,740kg
乗員数 6名
サンルーフ
衛星用アンテナ
フェイズド・アレイ・アンテナ
ナビゲーター席
着脱式赤色灯
装備ラック
スライド・ドア
運転席
配電盤
ウェポン・
キャリー・ケ
デスク下に小型冷蔵庫
ライフル・ケー
戦術情報処理デスク
指揮官席
通信機器ラック
サーバー・ラック
折りたたみ式作戦テーブル
ドローン・ケース
多機能プリンター

アメリカ陥落１

異常気象

大石英司

Eiji Oishi

C★NOVELS

口絵・挿画　安田忠幸
地図　平面惑星

目次

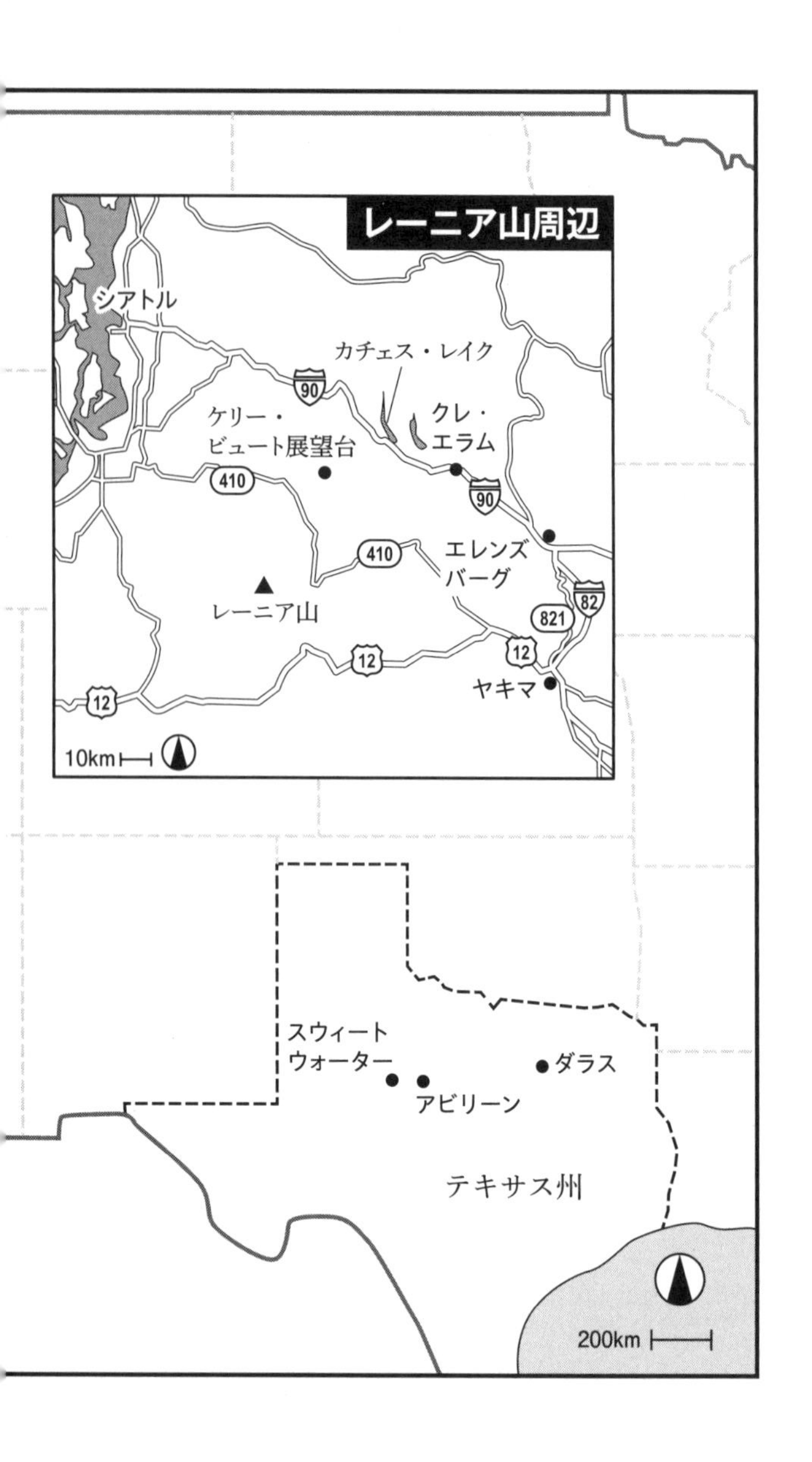

レーニア山周辺
シアトル
カチェス・レイク
90
クレ・
エラム
ケリー・
ビュート展望台
410
90
エレンズ
バーグ
410
82
821
レーニア山
12
12
ヤキマ
12
10km
スウィート
ウォーター
ダラス
アビリーン
テキサス州
200km

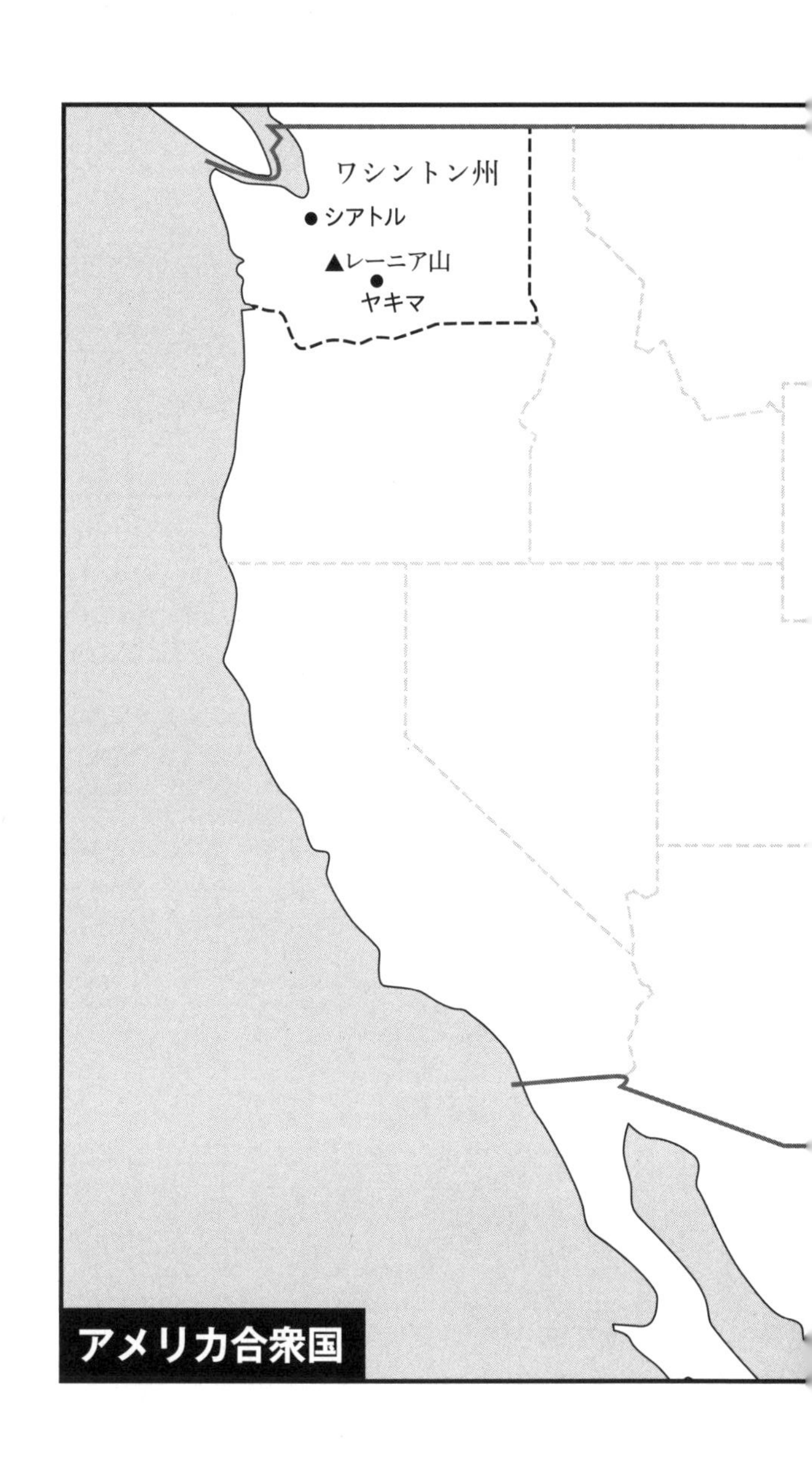
ワシントン州
シアトル
レーニア山
ヤキマ
アメリカ合衆国

登場人物紹介

【日本】

●陸上自衛隊

《特殊部隊サイレント・コア》

土門康平　陸将補。水陸機動団長。

〈原田小隊〉

原田拓海　三佐。海自生徒隊卒、空自救難隊出身。
待田晴郎　一曹。地図読みのプロ。コードネーム：ガル。

〈姜小隊〉

姜彩夏　二佐。元韓国陸軍参謀本部作戦二課に所属。
福留弾　一曹。分隊長。コードネーム：チェスト。
姉小路実篤　二曹。父親はロシア関係のビジネス界の大物。コードネーム：ボーンズ。

〈訓練小隊〉

峰沙也加　三曹。山登りとトライアスロンが特技。コードネーム：ケーツー。
瀬島果耶　士長。〝本業〟はコスプレイヤー。コードネーム：アーチ。

《水陸機動団》

司馬光　一佐。水機団格闘技教官。

〈第３水陸機動連隊〉

後藤正典　一佐。連隊長。準備室長。
権田洋二　二佐。準備室幕僚。
鮫島拓郎　二佐。第一中隊長。
榊 真之介　一尉。第二小隊長。
工藤真造　曹長。小隊ナンバー２。

【アメリカ】

●エネルギー省

ソーサラー・ヴァイオレット　通称M・A。Qクリアランスの持ち主。
サイモン・ディアス　博士。技術主任。
バンディッツ　システムエンジニア。

●国家安全保障局(NSA)

エドガー・アリムラ　陸軍大将。長官。

●在シアトル日本総領事館

一条実弥(いちじょうさねみ)　総領事。
土門恵理子(どもんえりこ)　二等書記官。

●空軍

トミー・マックスウェル　空軍大佐。調整官。M・Aとは旧知。
テリー・バスケス　空軍中佐。ドゥームズデイ・プレーン〝イカロス〟指揮。

●海軍

レベッカ・カーソン　海軍少佐。M・Aの秘書。

●ワシントン州陸軍州兵

カルロス・コスポーザ　陸軍少佐。消防局の放火捜査官。
マイキー・ベローチェ　少佐。退役陸軍少佐。

●ＦＢＩ

ニック・ジャレット　捜査官（シアトル州）。行動分析課のベテラン。
ルーシー・チャン　捜査官（シアトル州）。行動分析課。
ナンシー・パラトク　捜査官（ワシントン州）。イヌイット族。

●郡警察（テキサス州ノーラン郡）

ヘンリー・アライ　巡査部長。アビリーン在住。
オリバー・ハッカネン　検視医。一度引退し、今はパートタイマー。

トシロー・アライ　元警部。ヘンリーの父親。ＲＨＫ事件に気付いた最初の警察官。

ベンジャミン・クラーク　元刑事部長。ホワイトカラー犯罪専門の捜査官。

●ＣＡＰ

ジェシカ・Ｒ・バラード　元空軍大尉。〝ツイン・オッター〟のパイロット。

●その他

カール・Ｆ・リヒター　テキサス州知事。

西山穣一（にしやまじょういち）　ジョーイ・西山。テキサス州スウィート・ウォーターでスシ・レストランを経営。

ソユン・キム　穣一の妻。在日韓国人だったが、現在はアメリカ国籍。

千代丸（ちよまる）　穣一とソユンの息子。

【ロシア】

●民間軍事会社〝ヴォストーク〟

ゲンナジー・キリレンコ　大尉。

ワシリー・ドミトフ　軍曹。

アレクサンダー・オレグ　伍長。

【中国】

●海軍

林剛強（リンカンチィアン）　海軍中佐。ステルス艦上戦闘機Ｊ－35（殲35）編隊長。

陶紅（タオホン）　大尉。部隊で一番若く、紅一点。

アメリカ陥落1　異常気象

プロローグ

　テキサス州ダラスから、20号線をひたすら西へ走って三五〇キロに位置するスウィートウォーターは、人口一万の小さな町だった。

　特に何かがある街ではない。何もない街だった。良い風が吹くので、街を出るとあちこちに風力発電施設が建っている。テキサスは石油の街だと思われがちだが、その数は今やカリフォルニア州より多かった。ここではまだ白人が多数派だが、続いてヒスパニック系が多く、黒人は少ない。アジア系となると、まず街ですれ違うことはない。

　街の東外れにあるヒルサイド・ストリートは、実際には丘ではない。ここは三六〇度、どこまで行っても、地平線の彼方まで、のっぺりとした、平らな街だった。

　家並みはほとんどが平屋構造で、ガレージを兼ねた庭があるが、あまりに気温が高く、水も貴重なので、手入れが行き届いた庭と呼べるようなものも無い。ただ戸建ての家が、芝生もない庭にポツンポツンと建っている、そんな感じだった。

　一戸一戸の庭は広いが、そこに何かがあるわけではなかった。せいぜい、竜巻用の避難シェルターが掘ってある程度だ。

　ジョーイ・西山こと西山穣一がようやく手にした念願のマイホームも、そんな家だった。隣家との間には垣根も境界線も無い。それがこの街のあり方だ。

日影を確保するために、家の南側にテキサス州の州木であるペカンの苗木を三本植えた。成長すれば、ナッツが収穫できる。だが、隣近所からは笑われた。ペカンは風ですぐ倒れる。ハリケーン銀座のここテキサスでは、ひと夏越せないだろうということだった。

この街にも街路樹はあるが、新興住民であっても、庭に木を植えている住民はまずいない。家庭菜園すらないのは、そういう自然環境の厳しさが理由らしかった。

内陸部のここでは、夏は平均気温が摂氏四〇度、華氏一〇〇度にも達する。西山が渡米してまっさきに覚えた英単語が、華氏を意味するファーレンハイトだった。

通りに出て北の空を見上げると、どす黒い、蛇のような黒い雲が空へと伸びている。二本あった。一本はかなり遠いが、手前の一本は近い。

気圧差が生じるせいで、この辺りも一気に風が強くなった。埃が舞い、それがほぼ水平に地面を流れていく。西山は、子供が飛ばされないよう、しっかりと抱きしめた。

「千代丸(ちよまる)、よく見ろ！　スゲエーなあれ。たぶん、Fスケールで言えば、確実にF3は行っているぞ。Fスケールってのは、日本人の学者の苗字から取られた。日本は今は落ちぶれて、経済ズンドコ、ジジババが現役世代を搾取しまくり、やる気のある連中はみんな国を捨てて逃げ出したが、お前が大きくなる頃には、復活しているかもしれん。その頃、お前はドルの札束を抱えて日本に凱旋するんだぞ。だから、日本語もちゃんと覚えるんだ」

シェルターのハッチが持ち上がり、「何やってんのよ！　あんた！――」と妻が英語で怒鳴った。

「勿体無いな。ライブカムでも置いとけば良かった。そうだ……。車のドライブ・レコーダーを動かしとけば良いか！」

西山は、妻のソユンに息子を預けると、「ちょっと車のレコーダーを動かしてくる」といったんガレージに入った。

ゴー！　という地鳴りのようなうなり声が近付いてくる。フォードのエクスプローラーのエンジンを掛け、路上に出した。ドライブ・レコーダーが動いていることを確かめてから外に出た時には、もう眼を開けているのも大変な暴風が吹いていた。

シェルターのハッチの隙間から妻が睨み付けていた。

「車に傷が付いたらどうすんのよ！」

「その程度で済めば、動画の収益で修理代くらい出るさ」

ほんの三畳程度の広さしかない、普段は物置として使っているシェルターに降りる。中は蒸し風呂で、床には微かに水たまりもあった。

LEDランプ一個だけの灯りしかない。棚には、シェルターに閉じ込められた時に助けを呼ぶためのホイッスルや水のタンク、ハッチを持ち上げるためのバールや、乾電池やラジオも常備してあった。

気圧がどんどん下がり、耳鳴りがしてくる。ハッチを締めたが、その気圧差のせいで、持ち上がりそうになる。内側にチェーンが付いていたので、西山は右腕を絡めてハッチを抑えた。

「ちょっとこれ、直撃じゃないの！」

「そうかもな。このハッチ、内側から止められるようノッチがどこかにあっただろう？　ライトで照らしてくれ」

このシェルターにもライトはあったが、すでに停電していた。比較的電力が安定しているテキサスでも、郡部では、停電は珍しいことではない。レストランを開業する時も、それが一番の悩みの種になった。

　これがダラスなら、ビルごと自家発電装置があったりするが、こんな郡部ではそうもいかない。自家発電装置の導入も考えたが、運転時の騒音が許容範囲外だった。結局、中古の無停電電源装置を購入し、営業している数時間分稼げれば良いと判断した。今は、屋上に太陽光パネルも置いて、昼間は売電もしている。もう少し投資すれば、電源は全て自家発電で賄えそうだった。

「あった！　これだ――」

　二箇所のロックを掛けると、ようやくハッチの振動が止まった。轟音はますます大きくなり、地鳴りと、振動も伝わってくる。まるで地震みたいだ。

「こっちに来るぞ……」

「地震じゃないの？……」

　息子が母親にしがみついてくる。

「このシェルター、持つんだろうな……」

　ゴゴーッ！　という音が続き、やがて会話もままならない音になり、大小様々な衝撃音が響いてくる。それは地面を伝わってきた。何か巨大な物体が、ある時は地面を転がり、ある時は、空から降ってきている感じだった。まるで巨大な戦車が向かってくるようだった。

　衝撃音がする度に、子供が縮み上がる。最後には、父親が妻と息子の上に覆い被さって、その長い時間を耐え抜いた。

　五分は続いたような気がしたが、実際は、二分かそこいらだった。衝撃が収まり、しばらく三人で顔を見合わせた後、父親はハッチ部分のロックを外して、恐る恐る、ハッチを持ち上げて見た。まだ強い風が吹いていた。視界はほとんどない。

いったんハッチを締めて、しばらく待った。するると、車のクラクションが聞こえてきた。それも一台や二台ではない。周辺の自家用車の盗難防止装置が一斉に作動しているのだ。

父親は、意を決して再びハッチを開け、地上へと出た。景色が一変していた。さっきまで、そこにあったものはもうなかった。路上に、どこかの戸建ての屋根が鎮座している。半分だけ引きちぎられた屋根が転がっていた。

誰かのピックアップ・トラックがひっくり返って転がっている。クラクションが鳴り、ハザード・ランプが点滅していた。道路を挟んだ真向かいの家には、風力発電の巨大な羽が刺さっていた。

そして、自分の家はなかった――。

壁が一部残っている。だが屋根はなかった。柱がむき出しになり、一ヶ月悩んで買ったお気に入りのソファが、めくれたガレージの屋根に刺さっていた。自分のエクスプローラーは、どこにもなかった。もちろん、植えたばかりのペカンの木もどこかに吹き飛ばされていた。

ガレージを覗くと、妻のヒュンダイは無事な様子だった。だが、路上がこの状態では、今日いっぱいは、車は出せそうになかった。スマホを手にしてみたが、旗は立っていない。携帯の基地局もやられたらしかった。

店のことが心配だが、竜巻はここからすぐ街の外へと向かったみたいだった。まずは無事だろう。

何から手を付ければ良いだろうと思った。ご近所さんの無事を確認し、割れたガラスや瓦礫は危険なので、片付けを始める前に子供をどこかに預けるなりする必要がある。それが無理なら、エアコンを付けたヒュンダイの中でシートベルトを締めておくしかない。

ソユンは、固い表情のまま、黙々と作業を始めた。ヒュンダイをガレージから出し、エンジンを掛けてエアコンを入れ、息子を後部座席に座らせた。

ご近所さんらが、互いの無事を確かめ合っている。夕刻の時間帯。店は夜の開店準備を始める時間帯だったが、バイトとも連絡の取りようが無かった。

もし、街全体が停電しているようなら、今夜の営業は諦めるしかない。

処分する瓦礫の山をどこかに作らなきゃならない。無事だった家具や家電製品もあるだろうが、そんなものを回収してどうなるのだろうと一瞬思った。持っていく別の家があるわけじゃない。

「軍手が欲しいな……」

妻が、ついに耐えきれなくなって泣いていた。ジョーイは、肩を抱いてやるしかなかった。

「家なんて、また買えば良いじゃないか？」

「ローン、始めたばかりよ？」

「自己破産だって出来る。保険が効くかどうか怪しいけど、何かの救済措置もあるだろう。借金を踏み倒して日本に逃げ帰るって手もあるし」

キッチンの水道管が折れたか外れたかして、水が勢いよく噴出している。元栓を締めなければと、ソユンがキッチンというか、キッチンがあった辺りに近付くと、何かのマネキン人形が座っていた。彼女は、それをマネキンだと思ったし、どこか他所から飛んで来て、そこに偶然鎮座したのだろうと思った。

「こんなもの、どこから飛んで来たのかしら……」

しばらく凝視すると、そのマネキンには、かつらが被せてあった。たぶん金髪の頭だ。そして、マネキンと決定的に違う所があった。歯があった。唇は剝げ、むき出しの歯が上下覗いている。

ソユンは、ぼんやりと、これはマネキンじゃない、マネキンじゃないとすると……。

その数秒後、彼女は、ギャー!——、と大声を上げてその場から逃げ出した。

第一章　トルネード

　ジョーイは、携帯の旗が立つ所まで出たものの、９１１は全く繋がらなかった。だが、レストランに出ているはずの板前の一人とは繋がった。幸い店があるエリアは被害はないが、停電しているとのことだった。無停電電源装置がすでに始動して冷蔵庫は動いている。営業しなければ、明日いっぱい電力は持つかもしれないとのことだった。

　これで一安心だ。

　結局、路上を自転車で移動していた制服警官の一人を捕まえて、崩壊した自宅から死体が出てきたことを、ジョーイは身振り手振りで伝えた。英語はまだいまいちだ。会話だけで完璧に伝えることは出来なかった。そもそも、〝死体〟って何だ？　デッド・ボディで良いのか？

　制服警官が自宅跡に現れた時には、もう辺りはすっかり暗くなっていた。避難先を指示する郡の広報が回っていたが、まだ皆、車のヘッドライトを使って片付けに追われていた。

　西山家でも、ヒュンダイのヘッドライトを頼りに、貴重品の持ち出しが続いていた。

　郡警察から、私服の刑事が電動キックボードでようやく現れたのは、二一時を回ってからだった。

　三〇歳前後に見えるヘンリー・アライ巡査部長は、ヘッドランプを頭に付けていた。旦那が、英語がまだ不自由だと悟ると、もっぱら奥方にインタビューした。

「こんな所に、日本人がいるなんて珍しいですね？」

「刑事さんも、南部訛りがないですね？」

「私は、もとはロスアンゼルス育ちなので。二〇年前、家族でこっちに引っ越して来ました。ニシヤマさんは、最近こちらに？」

「私は、ニシヤマ姓でなく、キムです。ソユン・キム。在日韓国人という存在をご存じですか？」

「ああ、知ってますよ。何か、難しいというか、日本で、いろいろ差別されている人々ですよね」

「私は、ハイスクールに上がった頃、日本の不景気に見切りを付けた親と一緒に、ダラスにいた親族を頼って渡米しました。グリーンカード枠を使ってね。国籍はもうアメリカです。旦那はしばらく時間が掛かるでしょうね。ウォルマート近くのスシ・レストランを経営しています」

「あそこね！　流行ってますよね。いやちょっとお高いみたいだから、入ったことはないけれど」

「夜はそれなりだけど、ランチは安いですよ。ご招待します。ぜひ御家族でいらして下さい」

「ええ。その内に……」

「竜巻被害、酷いんですか？」

「郡当局は慌てているみたいですね。たぶん百戸以上の住宅が全壊同様の被害を受けた。死者はまだ確認されていませんが、これで確実に人口も税収も落ちるでしょう。いつ、ご自宅の購入を？」

「去年です。開店準備していたらコロナが始まって、何もかも計画が狂って、まだローンは丸々九割は残っているんです。でもジョーイは、いつも楽観主義者だから……」

「それは良い旦那さんだ……」

　アライ刑事は、スマホで住宅の全景を撮影し、旦那にマグライトを持ってもらい、キッチンがあった辺りの写真を撮った。ホラーな光景だった。倒壊した住宅の中に、ミイラ化した遺体が鎮座しているのだ。どうして鎮座しているのかはまだわからない。だが上半身が起きた姿勢だということだけはわかる。

あまり近寄りたくなかったが、それが仕事だ。二メートルほどの距離から、スマホのフラッシュも使って、記録用の写真を撮っていく。

人口一万の街の小さな郡警察署の手には負えない。隣近所に応援要請は出してある。東隣のアビリーンから、鑑識や検死医が駆けつけてくれるはずだった。それで足りなければ、ダラスから呼ぶことになるが、それは明日、陽が昇ってからになるだろう。

撮影作業が終わると、いったん瓦礫の山から離れて下がった。

「携帯、いつ復旧するか、ご存じないですか？」

「今夜中は無理でしょうね。あちこちで同時多発に起きた竜巻だったみたいで、うちより被害が大きい街もあります。避難所へ行った方が良い。ここは小さな街だし、警察と消防が夜通しパトロールしますから、略奪は起きないでしょう」

「旦那が気にしているのですが、私たち、容疑者か何かになるんですか？」

「いいえ。あの遺体は、他所から飛ばされてきたものではなく、この家のどこかに埋まっていたものでしょう。死後、数年は経っているからお二人は関係無い。売主の情報はお持ちですか？」

「いいえ。事情は聞いてますけれど。リフォームを始めた途端にコロナが始まって、それで資金繰りが立ちゆかなくなって、手放すことにしたと。だから、相場よりだいぶ安く買えたんです」

「どうしてまたこんな辺鄙な所に？　アビリーン

からだって通勤できるでしょう。一時間掛からない」

「あそこは、空港もあれば空軍基地もある。不動産価格もそれなりですよね。子供の教育を考えるようになったら、ああいう大きな街の方が良いんでしょうけれど」

「それは言えてますね。旦那さん、本当に英語はダメなんですか?」

「お店では、頑張って喋るんですよ。でもプライベートになると引っ込み思案で。子供の前でも、日本語は止めろと言っているんですけどね。あの遺体、いつ頃持っていってもらえますか?」

「検死医が到着すれば、すぐ移動出来ます。暗いから、鑑識作業は、今夜は現場保存程度で明日の朝から本格化するでしょう」

　ようやくショベルカーが現れて、路上の物体を撤去し始めた。結局エクスプローラーは、一〇〇メートル先の民家の壁際で見つかった。ルーフが潰れていたので、廃車は避けられそうになかったし、肝心のドライブ・レコーダーも、徐々に視界が奪われていく様子を撮影録画しただけで、売り物にはなりそうになかった。

　ひとまず路上のゴミが撤去されると、母親と息子は、ヒュンダイに乗り、ようやく避難所へと移動して行った。

　父親と二人残され、アライ刑事は、微かに知っている日本語のワードを交えながら意思疎通を取ろうと努めた。奥方が言うほど彼の語学力は酷くはない。

　日本では一〇年、ホワイトカラーな仕事に就き、給料が上がらないことに絶望して、こっちでスシ職人として働き始め、貯金もして、ようやく自分の店を持てるとなった途端に、コロナで酷い目に遭ったとのことだった。

なぜこんな辺鄙な郡部で？　と聞いたら、店が評判になれば、近隣の大きな街からでも車を飛ばして来てくれる。アメリカ人はドライブが好きだ。距離は問題じゃないとの話だった。不動産が安い分、それだけランニング・コストを抑えられると。

二三時、ようやくアビリーンからの応援部隊が到着した。検死医に鑑識。検死医のオリバー・ハッカネンは、アライが良く知っている人物だった。

「ヘンリー、元気だったか？　親父はどうしてる？」

「ええ。父を呼ぼうかどうか迷ったのですが、まずは貴方に見てもらうべきだと思いまして」

「私だって、もう引退した身だぞ？　今はパートタイマーだ」

「でも、呼ばなかったとなると、あとで文句を言われることはわかっていたので」

ハッカネン医師は、鑑識にしばらく待つよう命じてから、ヘッドランプを装着し、アライ刑事の後に続いて、キッチン跡に上がった。

半分ミイラ化している死体にヘッドランプの光を当てると、「なんてこった！……」とハッカネンは呻いた。

「こいつは、ＲＨＫ、リフォーム・ハウス・キラーだぞ……」

「間違い無いですか？」

「親父さんから話を聞いたことは？　捜査資料とか見たことはなかったのか？」

「いえ。事件のアウトライン程度なら聞きましたが」

「工業用のビニール袋だ。それで遺体を包んでいる。昔はどこでも買えるものじゃなかった。たぶん今は、アマゾンとかでも買えるだろうが。ここを見ろ……」

首から下は、厚手のビニール袋に包まれている。死後硬直したままビニール袋に包まれただろう一箇所にライトを当てた。

「メディアには一切公開されていない情報だ。犯人のサインというか、プロファイルで〝署名的行動〟と呼ばれる類いのものだ。両手の指先を伸ばした状態で、お祈りのポーズを取らせて手首を縛る。この縛り方の癖も、間違い無くRHKだ。FBIが、百人掛かりで乗り込んでくるぞ。ここはお祭りみたいに賑やかになって、ポップコーン売りのワゴンが出るな。ホットドッグ屋も。君ら、仮設トイレも準備した方が良いかもしれん……。

被害者は白人女性、恐らく二〇歳代……。身長は、やはり小柄だな。一六〇センチを僅かに超えるくらいだ。死後五年前後だろう。失踪者データベースにDNAがあれば良いが……。埋め込まれていたのはどこ？」

アライは、ヘッドランプの光を当てた。

「たぶん、この辺りですね。煉瓦の壁があった所です。ここだけ、後からリフォームで増築したように見えますから。犯人はどうして新築中ではなく、リフォーム中の住宅を狙うんですか？」

「これと言った理由はなかったように思うけどな。敢えてハードルが高い作業に挑んでスリルを味わっているんじゃないか？　とかその程度の分析だったように思う」

二人はいったんその場から立ち去ると、鑑識が立ち入り禁止の黄色いテープを張り始めた。今夜はもう遅いし暗いので、遺体搬出と現場保存だけして、鑑識作業は明日の朝から始めることになった。

その日、テキサス州に隣接する各州を含めて、Fスケール4から5の巨大竜巻一五個が発生し、うち七つもが住宅街を直撃、街を潰滅させて横断した。何千戸もの家屋が倒壊し、五〇人を超える死者を出し、全米でも記録に残る竜巻被害となった。ここスウィートウォーターの破壊は、他所の被害に比べれば、まだましな方だった。

　明けて翌日、早朝からの鑑識作業の開始を見届けると、アライはいったんアビリーンの自宅へと戻った。父親はすでに起きていたが、ややこしい話をする気にもなれず、ＲＨＫの話は出さないまま寝た。

　昼頃、署からの電話で起こされた。ＦＢＩが向かっているそうなので、空港で出迎えて現場にご案内しろ、とのことだった。郡警察署は小さいから、もし部屋が必要なら、アビリーン警察の協力を仰げとも。

　街の南東外れにあるアビリーン空港で待っていると、ＦＢＩは専用機ではなく、ダラスからの小型のコミューター定期便に乗ってやってきた。

　それも二人ではなく、小柄な東洋人女性一人だけだった。ルーシー・チャン捜査官は、年の頃にして、大学出たてという感じだった。

　アライは愛車のホンダ・オデッセイの後部座席に彼女を乗せると、まずエアコンをギンギンに掛けて、車内が冷えるのを待った。

「暑いですね。何というか、テキサスは異質な暑さだわ」

「南部は初めてですか？　フロリダ辺りとは少し違う暑さでしょうね。でもＤＣのオレンジ色の空よりはましでしょう？」

「それは言えている。あっちは、臭いもあるし、明らかに健康を害する煤煙だから。毎日、眼が覚めて朝食を済ませ、外に出た途端、憂鬱になるわ。また今日もこの空かと」

「行動分析課なんて本当にあったんだ？　でも、皆さんは、ガルフストリームの専用機で移動するんじゃなかったんですか？　それも最低二人ひと組で」

「それはちょっとドラマの見過ぎかも。私はただの先乗りです。殺人からだいぶ時間が経過しているようだから、これがもしＲＨＫだと判断したら、ベテランの捜査官たちがやってくるはずです。うちは今、それどころじゃないから……。ＤＣは、いつ内乱状態に陥ってもおかしくない」

　チャン捜査官は、上着を脱ぐと、ショルダー・バッグから分厚い捜査資料を取り出した。付箋が山のように貼られている。

「貴方がずっとこの事件の捜査を？」

　ルームミラーで、視線をくれながらアライは聞いた。

「とんでもない。私なんてまだ駆け出し中の駆け出しで。この資料を借り出すにも苦労したんです。お前の命より大事な資料だから、命懸けで守れと。ダラスへの機内でさわりだけ読んでいたのだけど、トシロー・アライという警官の名前が出てくるわ？　私、お爺さんが日系なのですけど、アライという苗字は珍しいですよね……」

「はい。トシロー・アライは自分の父で、まだ元気です。母が数年前、他界し、今は自分と二人で暮らしています」

「これ、貴方の父親の事件よね。彼が発見というか、連続殺人事件だと気付いた最初の警察関係者……」

「そうなんですか。親父がＲＨＫを追っていたことは聞いてましたが、事件の話をきちんと聞いたことはないんです。お互い、仕事の話は滅多にしないので」

「お父さんの影響で警官に？」

「いや、陸軍に二期いました。大学の学費をまず稼ごうと思って。で、大学に戻って就職活動していたら、母親の癌が見つかり、父は定年になって久しく……、地元で親の面倒を見ながらと考えたら、警官も悪くないと思った。今も州兵の予備役です」

「人生はそんなものよね……。私は、大学に来たFBIのリクルーターに憧れて。その人、中国系の女性捜査官だったけれど、なんだか、全米を飛び回ってバリバリとやっていそうに見えて。これ、公用車じゃないのに、警察無線が付いているのね？」

「田舎の警察は、そこいらへん融通を利かせないと回りませんから。休みもあってないようなものだし。ホテルへのチェックインは後で良いんですね？」

「スウィートウォーターに泊まることになるかも知れないと思って、予約はしてないんです。拙かったかしら」

「スウィートウォーターはダメですね。ホテルはないことはないが、まだ停電が続いていて、復旧には数日かかるでしょう。うちみたいな小さな町はライフライン復旧も後回しです。アビリーンでよければ、自分が押さえますよ」

「すみません。お世話になります。ちょっと、煩いベテランがいて、早く現場に入って詳細を教えろとしつこくて。私、朝の六時に緊急呼び出しで起こされたんです」

「FBIにとっては、シリアル・キラー追跡は、重大任務でしょう」

「でも、この犯人、長らく犯行を止めていて、もう引退したか、死んだと思われていたのよね。その犯行に事件が一つ加わるかも知れないけれど、犯人逮捕まで辿り着けるとは思えないわ」

「そうですね。われわれは、ま、現場を一つ案内して、後はFBIに引き継ぐだけですから。そもそもここは、全米で発生した、その連続殺人事件の、ほんの一箇所に過ぎないでしょうから」

「でも、ここテキサスは、ＲＨＫが一番長く活動した場所らしいのよね。ここが本拠地かも知れない」

　アライは、車を出してスウィートウォーターへと向かった。

　その頃街は、まだ残骸整理に追われていた。西山家でも、貴重品の持ち出しが続いていた。大型テレビは画面がひび割れ、家電製品として使えそうなのは、冷蔵庫と洗濯機くらいのものだったが、ひとまず、エクスプローラーが潰れて空きが出来たガレージに運んだ。ガレージの屋根には、郡から提供されたブルーシートを張った。次のハリケーンが襲ってくるまで、対策を考えないとならない。

　昼間、損壊具合を判定する郡の担当者が現れ、ほんの2分で〝全壊〟の評価を下して隣家へと移動して行った。

　ソユンが、行政の支援に関して尋ねてみたが、それは自分の担当ではないし、ローン云々のことは、個人が、銀行と直接やりとりするしかないのでは？　という話だった。

　店のバイト学生にも手伝ってもらって片付けに追われた。住んでまだ一年だから、たいした家財道具はない。金が掛かった思い入れのある家具に、思い出の品々が多少あった程度だ。あとは子供の遊具。別に高価な絵画や、調度品があったわけではない。

　郡の説明では、避難用シェルターとして、どこかの体育館に数日入ってもらうが、その後は、ファミリー向けに空き家を優先的に割り当てるから、住む場所だけは行政が支援できるとのことだった。

　夕刻、アライ刑事がＦＢＩ捜査官を連れて戻って来た。

　西山は、規制線の外に置いたカウチに、妻のソユンと共に座り、アライ刑事が事件現場を案内する様子を見守った。

「幸い、店は無事だ。それが何より大事なことだろう？　シェルターが嫌なら、店に泊まり込めば良い話だし」

「肝心の商売はどうするのよ？　停電が復旧しないんじゃ、店も開けられないでしょう。仕込んだネタもダメになるし。そもそも、客も来ないわよ。こんな状態じゃ」

「ブイヤベースでも作って、避難所で振る舞おうか？」

「それ、まじで言っている？」と妻は呆れた顔で見遣った。

「だって、どうせ腐らせるなら、みんなで食べた方が良いだろう。宣伝にもなる。そもそもさ、営業しようと思えば、今でも出来るよね。昼間なら全然問題無い。夜でも、営業時間を絞れば、ちょっと店内の照明を落とせば済む話だ」

「ウォルマートだって閉まっているのに……」

「今夜からそうすれば良かった。この程度の災難はどうってことはないだろう。たかが、家が壊れて、借金が残っただけのことだ」

「開店資金の借金も合わせれば、そう簡単に返せる額ではないわ」

「ただの板前に戻っても良い。年収一五万ドルは楽に稼げる。何とかなるさ。アメリカは何度でもチャレンジできる。それが強み、それがアメリカン・ドリームだ」

　アライ刑事が、スマホを右手に持って戻ってきた。

「携帯、もう繋がってますよ」

「お二人とも、夕食はまだですよね？　店の板前さんが、われわれのために、夕食を用意してくれています。よろしかったらご一緒にどうですか？　旦那のアイディアですが……」

とソユンが提案した。

「いえ、われわれは仕事ですから」とチャン捜査官がやんわりと断った。

「良いんじゃないですか？　ここは南部だ。DCからやって来たエリートさんが無下に断ると、角が立ちますよ。でも、もちろん、料金は払いますよ。大変な時に、われわれが奢られるわけにはいかない」

ノンアルコール・ビール、エアコン無し。バルコニー席に出て、星空での乾杯だったが、楽しい夕食になった。チャン捜査官も、アライ刑事も、箸は使えるが、まともな日本食なんて食べた経験は無かった。この夕食の席では、西山も、ジョーイ・西山として、英語でのジョークに話が弾んだ。

二人は、それからアビリーンに戻って検視官事務所へと顔を出した。まだハッカネン医師が残っていた。

解剖を終えた遺体の前で、ハッカネン医師は、プリントアウトした検死解剖所見をアライ刑事に手渡した。

遺体は、すでにボディバッグに包まれていた。

「あれは二〇〇五年だったか、ハリケーン・カトリーナで、ボランティアに駆り出され、夜通し検死解剖に当たった経験がある。三日経っても全身から死体の臭いが消えなかった。その時以来だぞ。こんな時間まで働いたのは」

「ハッカネン医師のお名前は、RHKのファイルの中でも初期の事件で記載されていますね？」

とチャン捜査官が尋ねた。彼女は、解剖所見を一頁ずつスマホのカメラで記録していた。

「そうだ。二人目の遺体が発見された時、この事件がこんなに長引いた挙げ句に、迷宮入りするなんて思わなかったけどね。どこかで犯人はボロを出すと思った」

「それは、どういう根拠でですか？」

「被害者は二〇歳代のまだ若い女性ばかりだ。四〇歳前後の売春婦ならともかく、学生だったり、普通に働いている若者が行方不明になり、こんな形で殺されて、解決しないなんて思わないだろう」

「でも、このテキサス州だけで、毎年何百人も若者が行方不明になりますよね？　その九割に事件性は無く、誰も関心は持たない。警察も、いちいち捜すような余力は無い」

「残念だがそうだ。人間は、あの頃より更に孤独になった」

「身元に繋がりそうなものは何かありましたか？」とアライ刑事が尋ねた。

「胃の内容物は空。腸は腐敗して融けた後だ。歯列矯正の跡があるから、それなりの育ちだろう。鼻にも手術痕、これは整形だな。死因はわからない。骨にも残った皮膚にも刺し傷はないから、いつもの手口だとすると、絞殺だろうな。ＤＮＡ解析の結果は出た。失踪して二週間後、失踪者データベースでヒットした。コロナが始まった頃だから、捜索願が出されている。捜査や捜索自体あったかどうか疑わしいね」

　ハッカネン医師は、もう一枚の、顔写真入りのペーパーを出した。

　アライがそれを読み上げた。

「エヴァリー・スミス。二六歳。身長5フィート＋3インチ。白人。レストラン店員。深夜に仕事を終え、自家用車で帰宅途中、行方不明に。その自家用車は、二週間後、廃車置き場で発見……。これ、明らかに事件性ありですよね？　行方不明になった若い女性の車が廃車置き場から見つかるなんて」

「同感だね。でも、死体が出なきゃ、その車を調べるような余裕はない。たとえコロナの混乱が無くてもね。親は他州にいて、自力でその車を確保して調べるという知恵も回らなかったようだ。この案件を扱った窓口の警官は、たぶん間違い無く、『現状では、別に事件性はありません……』と親に説明したと思う」

チャン捜査官は、アライが取ってくれた、そんなに悪くないモーテルにチェックインすると、スマホで撮影した写真をパソコンに取り込み、簡単な報告書を認めて行動分析課の上司宛に送った。

すると、一時間しないうちに電話が掛かってきた。「明日、一番早い便で飛ぶから空港で待て――」とそれだけだった。

会ったことは無い。声を聞いた記憶も無かった。自分はまだ配属間も無いし、行動分析課と言っても今は大所帯だ。知らない面子がいても不思議はない。

だが、彼女は、ちょっとした圧迫感を感じていた。この捜査官には、有無を言わさない独特の雰囲気がある。

「あんた何様なのさ……」と電話を切ってからぼやいた。


国防総省内にあるエネルギー省ペンタゴン調整局の奥まった部屋へ、ドタドタと大股で歩く足音が近付いていた。

その調整局に七人存在する〝魔術師(ソーサラー)〟のコードネームで呼ばれる高官らは、核兵器運用に関する最も高度な権限、Qクリアランスを保持する。核兵器を巡る最も高度な機密情報にフルでのアクセス権を持ち、大統領にいつでもアドバイスできる選ばれた人間たちだった。

　ソーサラー・ヴァイオレット、もしくは〝六〇〇万ドルの腕を持つ女〟、あるいは、イニシャルから取ってＭ・Ａと呼ばれる女性は、愛用の車いすを横に置いたデスクで、パソコンのモニター画面を見詰めていたが、秘書が入り口をノックすると同時に現れた制服姿の男に、ちらと視線をくれてからまたモニターに戻った。両肩が星のマークで溢れていた。

「アポとかあったかしら？」

「ああ。先週も頼んだつもりだが？　君はどうも忙しいらしいということだった」

「御用があれば、呼べば良いのに。私にそれを断る権限はなかったと思うし」

　国家安全保障局（NSA）長官のエドガー・アリムラ陸軍大将は、一度、秘書室を振り返り、「出ろ出ろ！　みんな席を外せ」と命じた。

　そこは、車椅子で出入りする主のために、ドアの類いはなかったのだ。

　アリムラ大将は、彼女の眼の前に座って難しい顔をした。

「将軍はお元気か？」

「そのはずよ」

「君と会って、どう話を切り出せば良いのか時間を掛けて考えた。止めるべきだったと今も後悔はしているが。率直に言って、これではまるで、私が君のキャリアを潰したように思われるじゃないか？」

「誰に？　父に対して？　父はいつも、お前はＮＳＡに長居しすぎていると言ってたわ。エネルギー省入りにも反対はしなかった。貴方がそんなことを悔やんでいたとしたら、もっと早くに会って説明すべきだったかしら？」

「NSAにとって、大きな損失だ」

「人余りのくせに……。同盟国の首相の愛人との会話を盗聴したり、同盟国の私企業の、NY支社との電子メールを盗み見したりと――」

「ミライ！　ミライ、勘弁してくれ。われわれは汚れ仕事が商売だ。そりゃ、誉められた行為じゃないが、国を守るためにはそういうことも必要悪だ」

「終わった話を蒸し返すために、ここに来たわけではないでしょう？」

「そうだ。中西部では竜巻被害、カリフォルニアは長引く干ばつと山火事。そしてニューヨークを覆った赤い雲は、ついにここDCにまで達した」

「私にはどうしようもないわね。先日、CNNで解説していたけれど、カナダ国境地帯の山火事や、カリフォルニアの干ばつの原因は、偏西風が大きく蛇行していることが理由で、その蛇行の原因は、北極付近の気流が大きく乱れていることが理由。そのまた原因は、北極圏の氷が大量に溶けていることで、その大元は地球温暖化ということになるのだそうよ」

「共和党議員の一〇人も賛成してくれそうにはないな」

「貴方はトランプ政権時代も上手くやってのけたじゃない。あんな酷い政権下で、首にもならずに四年間も組織を率いるなんて誰にでも出来ることではないわ」

「幸い、トランプは軍のあり方には無関心でいてくれた。あれはろくでもない指導者だったが、戦争だけはやりたがらなかったというのは事実だ。しかし全く、外敵より国内政治対策に時間やエネルギーを使わなきゃならないなんて、自分らは何を守っているんだろうと思うよ。送電網のグリッドの件で来た」

　Ｍ・Ａは、右手に持った孫の手で、モニターアームに保持された23インチ・モニターを押し、将軍に見えるようにした。

「カリフォルニアはいつまで持つかわからないわ。中西部は、この暑さですぐに落ちるでしょうね。けどテキサスはどうかしら。あそこだけは、独自なシステムだから。北東部のグリッドも、そう長くは持たないと思うわ。更新がようやく始まったばかりだし」

「北東部の電力需要自体はそんなに逼迫してなかったよね？」

「ええ。こちらは比較的システムも新しい。でも、新しい分、ネットワーク化が進んで、それだけサイバー攻撃に脆弱になったとも言える。ロシアからの攻撃がここ一週間続いています。これは予行練習みたいもので、本番は、大陪審でしょうね。エネルギー省は物理攻撃もあるものという前提で、ＦＢＩや州兵部隊と防衛計画を練っています。ただ、物理攻撃は兵隊で防げるけれど、サイバー攻撃はそうもいかない。貴方、これの防衛に失敗したらいよいよ首が飛ぶわよ？」

「われわれはもう何年も警告してきた。ホワイトハウスにも、エネルギー省にも、もちろん発電所にも。アメリカの送電網を巡る経営の複雑化は、誰かが仕掛けたアメリカ弱体化だとしか思えないが。知っての通り、最精鋭チームが防衛戦に当たっている」

「ええ。彼らに防げなかったらお手上げだということも知っている。でも、ホワイトハウスのサーバーだって、単純なＤＤｏＳ攻撃でたまに落ちるじゃない。ネットなんてその程度のものよ。彼ら、二重三重でトラップを仕掛けていると言っていたから、しばらく時間稼ぎは出来るでしょう。各州の大陪審判決即、大停電という事態は避けられるかも知れない」

「全米がブラックアウトしたらことだぞ。各地で武装強盗が発生し、都市機能が麻痺したアメリカは、三日でディストピア世界と化す」

「エネルギー省で過去に試算したことがあるそうよ。電力が戻らなければ、都市機能がどの程度破壊され、その復旧に何日かかるかを。一週間電気が戻らなければ、都市機能も経済も、完全復旧には最低三ヶ月はかかる。この試算には、面白い結末があって、停電が一定日数を超えると、そもそもコミュニティの維持限界線を突破し、都市も経済も復旧しないまま、銃だけが物を言う終末社会（ディストピア）へとアメリカは崩壊する。アメリカは、戦わずして中国にもロシアにも屈することになる。中露によって編成された国連軍がＮＹに上陸することになるでしょう。治安回復を名目に」

「われわれがいる限り、そうはさせないさ。そうだろう？」

「私は当分、帰宅できそうにないから、念のため、娘は父の元に送ることにしました。今日の飛行機で」

「アスペンか……。いいねぇ。退役したら、真っ先に妻と遊びに行かせてもらいますと以前から将軍に伝えてある。コロラド州は、この熱波でも涼しそうだ。あちこち軍隊はいるし、全米で一番安全だろうな。じゃあ、そういうことで、大陪審判決を乗り切ろう。われわれの誤解は解けたということで良いかな？」

「もちろんよ。そもそも誤解も無かったけれど」

「懐かしいよ。あの頃は、何もかも単純だったのに、今は何もかもがグレーだ。将軍によろしく伝えてくれ」

　アリムラ大将は、弾かれたように立ち上がると、踵（きびす）を返して部屋を出て行った。

　秘書のレベッカ・カーソン海軍少佐が戻ってくる。

「陸軍大将とは言え、随分と横柄な方ですね」

「ああ。そういうわけじゃないのよ。あの人、任官してすぐ私の父の副官になって鞄持ちしていたの。最近は言わなくなったけれど、私のオムツを換えたことがある、が自慢話だったのよ」

「そうなのですか。初めて聞きました。でもそれは自慢したくもなるでしょうね。あのヴァイオレットを幼少時代から知っているなんて」

　少佐がモニターの位置を戻して出ていくと、ヴァイオレットは、物憂げな表情で、そのモニターの表示を見遣った。

　世界中から北米へと押し寄せるサイバー攻撃がリアルタイム表示されている。その多くが、電力施設と送電網へと集中していた。

　敵は、アメリカの何が脆弱かを熟知している。今、何を破壊すべきかも。それを守る手立ては、あまりにも非力だった。

　彼らは、ホームグロウン・テロで呼応する集団ともやりとりし、物理攻撃も合わせて仕掛けてくるはずだった。

　ウクライナ戦争支援に対するロシアの報復だ――。そして中国もそれに協力加担している。アメリカは、武器では倒せない国だが、他にアメリカを打倒できる戦場はあった。それも驚くほど安上がりに、安全に出来るのだ。味方の血を流すことなく、敵の動脈を断ち切ることが出来た。

　アメリカ国民は、その事実にあまりにも無頓着だし、議会も無関心だった。金が掛かり過ぎると、みんなそれを話題とすることすら避けた。ただマネーゲームの手駒として電力を売り買いするだけで、送電システムだけでもアップデートするチャンスはあったのに、それを怠ったのだから。

第二章　ヤキマ演習場

　翌日、そのＦＢＩ捜査官は、チャン捜査官より二便早いコミューター機でアビリーン空港のゲートを出て来た。

　身長は優に一九〇センチはある。大柄な体格は、ビジネスシートすらないコミューター機ではさぞ窮屈だっただろう。白髪をまるで軍人のように短く刈り込み、ボロボロのショルダーバッグを担ぎ、銃の携帯はないらしかった。皺が刻まれた顔は、どうみてももう定年を過ぎているだろう雰囲気だった。

　アメリカの行政府では、定年はあってないような、なくてあるというような曖昧な存在だが。

　アライ刑事が挨拶すると、「ニック・ジャレット捜査官だ。でかくなったな、ヘンリー。その髪型は、海兵隊じゃなく陸軍だな。トシローは元気にしているか？」と固い握手を求めてきた。

「はい。まだ惚けてません。父をご存じなのですか？」

「警官の家は、同僚が入れ替わり立ち替わり飲みに現れるから君は覚えていないだろうが、私は、君が十代の頃、何度か食事に招待されたことがある。お母さんのことは残念だった。良く気が付くお人だったのに。トシローもさぞショックだろう」

ニック・ジャレットと聞いて、チャン捜査官は一歩後ずさった。この男があのジャレット捜査官なのか……。警察犬並に鼻が利く男だという評判だった。そして行動分析課がスタートした頃からいるベテラン・プロファイラーだ。

「ジャレット捜査官、失礼ですが、この捜査資料に、貴方の名前は出て来ませんが?……」

とチャン捜査官は口を挟んだ。

「当たり前だ。この事件の捜査に関しては、一緒に捜査したというより、私を導いてくれたブルーライト捜査官がファイルを作っていた。整理したのも彼。FBI退職後、五年前、肺癌で死んだ」

「ジャレット捜査官も、行動分析課発足時のメンバーですよね?」

「とんでもない。そんなに歳じゃないぞ。トシローには伝えてあるのか?」

とアライ刑事に聞いた。

「いえ、まだです」

「なんでだ?」

「皆さん、それを仰るのですが、私の父はもう歳です。車の運転もそろそろ止めてくれと頼んでいるほどで。正直、巻き込みたくない」

「トシローはそんな歳じゃないだろう。まずは検視官事務所だ。トシローにも急いで顔を出すよう電話しろ」

駐車場に向かいながら、アライ刑事は父親に電話し、検視官事務所に至急向かってくれ、と頼んだ。理由を聞かれて一言「RHKの件だ——」とだけ応じた。父親はそれで納得した。

検視官事務所でも、オリバー・ハッカネンとニック・ジャレットは感動の再会を果たした。

「先生が引退するなんてねぇ、時間が流れたわけだ」

「ブルーライト捜査官は残念だったな。彼こそ、昔気質のＦＢＩという感じだったが」

「いやぁ、あの人は、ＦＢＩ的なものを嫌っていたよ。だから出世もしなかった」

「伝説のプロファイラーってのは、彼もあんたもそういうものだろうな」

ハッカネン検死医が、遺体を出してジャレット捜査官に見せながら説明した。ジャレットは、ザックの中から老眼鏡とヘッドランプ、そして昔ながらのルーペを出して遺体の上から屈み込むようにして観察した。

「手首を縛っていた紐の写真を撮りました？」

「ああ。あんたが気にするだろうと思って、あらゆる角度から何十枚も撮った上、結び目の反対側で切ったよ」

ハッカネンは、トレーの上に置かれた紐を指し示した。ジャレットは、それもルーペを取り出して三六〇度方向から確認した。

「よじれていることに気付きました？」

「もちろんだ。まあ、雑と言えば雑な仕事だな。初期の犯行では、こんな雑なことはなかった」

「チャン捜査官、撮影された写真を何枚かプリントアウトしてくれ。できれば、キャビネくらいのサイズが良いな」

「写真なら、手元のスマホからでも見られるように出来ますが？」

「私は紙の写真が欲しいんだ」

理由を知っているハッカネンがハハッと笑った。

「携帯は通じるようになったかね？」

「いや、まあ郊外は相変わらずだよ。昔とそう変わらないね」

「トシローを待とう。暗くなる前に現場に出たい。遺体が埋まっていた辺りの瓦礫の回収とかは出来た？」

とアライに聞いた。

「はい。犯人が指紋とか、うっかり何かの証拠を残している可能性があるということで、回収出来るものは回収しました。ただ、この竜巻被害ですから……」

「飛んだ瓦礫まで、全て探すしかないぞ」

「そうだ。まだ酒の時間には早そうだから、冷えたコーヒーでも持ってこよう」

とハッカネン医師が解剖室を出て行く。

「この部屋に通われたのですよね？」とアライが聞いた。

「いや。ここの回数は知れているな。主戦場はダラスとその近郊だったから。当時は、トシローもハッカネン医師もダラス郡管内に勤めていた。あちらの仕事量は凄まじくてね、みんな定年前に燃え尽きる。だから、二人共こっちに引っ越したんだが、幸か不幸か、事件が追い掛けて来た」

チャン捜査官がプリントアウトしたキャビネ・サイズの写真を持って戻ってくると、少し不服そうな顔で、「この程度で良いですか？」とジャレットに差し出した。

「有り難う。チャン捜査官、これが必要になる理由を教えよう。昔もそうだが、今も、この辺りは、どこでも携帯が繋がるわけじゃない。車を走らせていて、とにかく、テキサスは暑いわけだ、ギンギンにエアコンを効かせて突っ走る。車のバッテリーはどんどん上がってくる。

そういう時、郊外の小径に入る。対向車も追い抜く車もいない。木陰を見付ける。こんなハリケーンの通り道で、頑張って繁っている木がある。枝を見ると、揺れている。風が吹いている証拠だ。ゆらゆらと気持ち良い風が吹いている。車を木陰に止めて、窓もドアも全開にして、しばらくエアコンを止める。

同僚と木陰に腰を降ろし、煙草でも吸いながら捜査資料を捲るんだ。ブルーライト捜査官は、私にとって、いわゆるメンターだった。導師だ。だが彼は酷いヘビースモーカーでね。それだけは私は嫌だったのだが、そういう時には、紙の資料が必須だ。そうすると、どこからともなくトシローが現れて、そんな所に腰を下ろすな！　サソリや毒蛇でもいたらどうするんだ？　とどやされるんだ」

ジャレットが、昔を懐かしむように手振り身振りで説明する様子に、チャン捜査官は、自分の第一印象には偏見があったかもと反省した。

「でも、それは今世紀の話ですよね？　エアコンでバッテリーが上がるなんて……」

とアライが怪訝そうに聞いた。

「良いポイントだ。当時はもう日本車全盛の時代でな。レンタカー屋にいくと、ピカピカの日本車が並んでいる。ところが、私のメンターは、アメリカの法執行機関を代表して地方を訪れているわれわれが、外国車に乗るわけにはいかないだろう？　と頑なに旧式の国産車を選んで乗るんだ。あれには正直、参ったね」

ハッカネン医師が、トシロー・アライ元警部を連れて戻ってきた。

「トシロー！」「ニック！」と二人は大げさに抱き合った。

「元気そうじゃないか？　君に話が通っていないと聞いて心配したんだぞ」

「いやぁ、昔ほど若くはないさ」

「奥さんのことは残念だった。ヘンリーが、竜巻で倒壊した家屋から被害者を発見した。先乗りを派遣し、ＲＨＫだと確信したので、一番早い便で着いたというわけだ。今、遺体や遺留品を一通り見ていた。早速だが、手首を縛っていた紐を見てくれ」

　とジャレットはトレーの上の紐を指し示した。ちょうちょ結びの部分はそのまま残されていた。

「……、雑だな。全然美しくない。それにこの紐、何カ所かでよじれているぞ。明らかにジュニアの仕事だ」

「同感だ。父親じゃない」

「ジュニア？　シリアル・キラーの犯行を、息子が受け継いだのですか？」とチャン捜査官がいぶかしげに聞いた。

「そういうことだ。この事件の発端は、話せば長い。もう半世紀以上昔になる。最初にトシローとハッカネン医師が、これは連続殺人事件の可能性があるとＦＢＩに報告してきたのが９１１テロの直前だった。すぐ私とブルーライト捜査官がダラスに飛び、間違い無くシリアル・キラーの犯行だと断定した。ところが、二人が発見した遺体。これも半分ミイラ化していたわけだが、一番古い遺体が壁に埋め込まれたのは、恐らく八〇年前後だろうと思われた。つまり犯行から二〇年後に発見された遺体ということになる」

「なら、まだ七〇歳前の可能性もありますよね？」

「それが無いんだ。犯人は、ペンキや漆喰の技術がある。明らかにベテランのリフォーム業者、もしくは新築の建設会社の経験者だ。犯人の仕事ぶりを何人もの同業者に見せて評価を聞いたが、この技量に達するまで、最低でも一〇年、普通に考えれば二〇年は掛かるだろうという話だった。つまり犯行が発覚した時点で、若く見積もっても五〇歳前後ということになる。そして、われわれが発見した遺体が、一番古い、最初の犯行だという証明も出来なかった。というのが、この証拠物件だ。この手の犯人は、犯行当初は、スタイルに揺らぎが出る。たとえば、紐の結び方だ。試行錯誤する。ところがこの犯人の犯行現場から出た、この手首の結び目は、全て一貫して同じだった。揺らぎがない。すでに確立した犯行のパターンがそこにあった。ということは、その前に何人も同じ手口で殺しているということだ。このスタイルに辿り着くまで何人殺したかはわからない。奴の最盛期は五〇歳前後だろうと思っている。その直前に、たぶん空白期があり、そこで子供をもうけたはずだ。チャン捜査官、君に預けた捜査資料をくれ。結び目の写真が何枚か貼り付けてあっただろう」

チャン捜査官は、その頁を開いて手渡した。

「この写真を見てくれ。使っている紐は、工業用ではなく贈答用の紐だ。お菓子や何やらの箱を包んで最後にリボン結びする平型の紐。だからよじれるとすぐわかるし、醜い。犯人は、このリボン結びをまるで工芸品のような精緻さで結ぶ。よじれも一切無い。非常に神経質な男だ。過去に、そういうバイトに従事していたのかも知れない。だが、このジュニアの仕事は違う。ほら、この二枚の写真を並べて見るとわかる。そもそも、このリボン、左右で大きさが違うだろう」

「贈答用のテープというか、紐を使うことには何かの理由があるのですか？」

「この遺体そのものが、〝ギフト〟だという意味だろう。誰へのギフトかはわからない。警察へのギフトか、社会へのギフト。あるいはそこに暮らす家族への贈り物。本人に訊いてみるしかないが。

現場を見たい！　トシローはヘンリーの車で。私は鑑識に聞きたいことがあるから、鑑識のワゴンに載せてもらうよ。どうせここの鑑識が出たんだろう？」

「ちょっと待ってくれ、ニック。君と、この何というか、お嬢さんひとりなのか？　ＲＨＫの犯行が最後に見つかったのはいつだ？」

　トシローが怪訝そうな感じで聞いた。

「確か、五年前、ソルトレイク・シティだった。被害者の失踪はそこから七年前。騎兵隊でも来ると思ったか？　DCは今それどころじゃない。各州で大陪審の判決が出たら、都市部はどこも戦場になる」

「大陪審にそれを判断する権利はないんだろう？」

「今のFBI長官は、共和党政権時代の任命だが、その法律顧問の解釈でも、それは怪しいということらしい。最終的に、最高裁でそれを認めるとなったら、法的な拘束力が発生する。今のホワイトハウスの主は出て行くしかないだろうな」

「私は、ラジオで聞く程度だが、結論ありきな話なんだろう？」

「そうだな。大陪審に持ち込んだ連中にしてみれば、そこで勝ちは決まったようなものだ。大変なことになるだろうな。でもテキサスは安全なんじゃないのか？　民主党員なんて数えるほどだし、州知事は、まともな政治家だ」

「あれがまともだって？」

「ああ。行動分析課では、時々政治家のプロファイルをする。表には決して出ないが。トランプは真っ赤っか。そもそも政治家になるべきでないタイプの最右翼にいるが、ここの知事さんは、プロファイルに従うなら、至極真っ当な政治家だよ。彼が大統領になったら成功するだろう。その頃、アメリカという国がまだあれば良いが」

　トシローは、息子の車の助手席に乗り込んだ。チャン捜査官は後ろに。車が走り出すと、父親は、「どうして黙っていたんだ？」と尋ねた。

「親父はもう引退した身の上だし、そもそもRHKの捜査に従事していたなんて聞いたことなかったぞ?」

「俺がしばらく帰りが遅い時期があっただろう。お前は、気候が良いカリフォルニアからこんな暑い所に連れて来られて、あの頃はぐれてたから、あまり覚えちゃおらんだろうが」

「母さんがぶつぶつぼやいていた、あの頃か……」

「そうだ。結局、解決もしなかった。自慢できるような話でも無い。お嬢さんは災難だな。この事件は解決しないぞ。あんたがこの後、一生FBIで過ごしても」

「チャン捜査官です、アライ警部」

「行動分析課は止めた方が良いぞ。家庭が崩壊する。必ずな」

「どうして解決しないと思うんですか?」

「大胆にして繊細、そして慎重。犯人は、リフォーム業者だろうと目星を付けた。それで、事件が発生したエリアの、その頃そこで仕事していたリフォーム業者の名簿を片っ端から洗ったが、めぼしいものはなかった。つまり、他の犯行現場との重複はなかった。何しろ、死体は滅多に出ないし、見つかっても数年後、もしくは十数年後だ。証拠なんて何も残ってはいない。今は監視カメラもあるが、五年前のデータなんて誰も残しちゃいないだろう。挙げ句に、911事件が起こって、FBIの関心も殺人から国内テロに移った」

「午前中、地理的プロファイルを試みました。スウィートウォーターのケースは、明らかに外れ値です」

「同感だ。シリアル・キラーは、ハイウェイ・ルート・キラーが多い。逃げやすいようにハイウェイ沿いで犯行に及ぶ。だが、ここは幹線道路ではないし、ましてや人口一万の小さな町に、他所の州のナンバーの車が長時間止まっていたら住民に怪しまれる。これまでの奴の犯行からも、人口五万以下の街での犯行の記録は無かったと思う。犯行の七割は、大都会での犯行だ。息子が引き継いだことで、スタイルが崩れている。被害者の身元はわかったのか？」

「ああ。もとはケンタッキー州の出身で、遺体は、テキサス州の予算で親元へ送り届けることになる。もうこっちに来る気は無いそうだ。たぶん、娘さんが行方不明になった時点で、何度も訪ねて来たはずだから、良い想い出はないだろう」

西山家の事件現場に着くと、奥方がガレージ横に置いたベッドにブルーシートを掛けていた。

聞けば、街の反対側にある空き家をしばらく無料で借りられることになったそうで、今は引っ越しのトラックの手配中だとのことだった。旦那は、もう店を開けたらしく、暗くなる前に、街の電力が復旧すると郡からの連絡もあったそうだ。

「さすがはテキサスだな。こんな状況でも電気だけはある。お前は覚えてないだろうが、ロスアンゼルスにいた頃、実は結構停電していたんだ。あそこの送電網は古くてな。こっちに来て、何が驚いたのって、ロウワー・エリアのアパートに暮らしていて、停電がない暮らしが出来るんだもんな。これが同じアメリカかと思った」

ニック・ジャレットが、鑑識のミニバン二台を連れて現れた。

「二日くらい、現場保存できなかったのか？」

とジャレットが文句を言った。

「住民の片付けもありますから」

「これはまた派手に飛ばされたなぁ。キッチン回りの残骸を探して回収する必要があるぞ。墜落した旅客機の破片をかき集めるようにな。君ら、しばらくそこにいてくれ」

鑑識用グローブを嵌めたトシローとジャレット

が現場に入り、キッチン跡を出たり入ったりしながら何かを探し回った。

　夕方になると、ようやく二人はそこから出て来た。僅かに残った煉瓦造りの壁に、木片を何本か並べ始め、鑑識に写真を撮らせた。

「もう少し、サンプルが欲しかったな」

「ああ。竜巻が無ければ、より正確な数値が出せるんだが……」

　鑑識が下がると、ジャレットはその場にしゃがみ込み、ルーペを出して、マジックでマーキングを付け始めた。

　それから、ショルダーバッグからメジャーを出した。

「まだそれを使っているのか？　重たいだろう」

とトシローが呆れ顔で言った。

「商売道具ってのは重たいものさ」

　板切れにマーキングした二点間距離を測る。

「長さを測るのでしたら、もっと簡単にできますが？」

　とチャン捜査官が、右手に何かの計測器具を持って現れた。

「レーザー測距儀です。部屋の広さや、壁の長さまで、なんでも一瞬で計れますし、記録も残ります。あちこちの科学捜査班（CSI）認証器具です」

「好きにしてくれ。必要な数字はメモした」

「親父より長いね」

「ああ。確実にどれも二センチは長い。となると、ブルーライト・スケールに照らすと、五フィート九インチ前後の身長だな？」

　とトシローが応じた。

「どういう計算ですか？」

　とアライ刑事が聞いた。

「ペンキを塗る時のブラシやローラー。実はスプレー缶でも同じなのだが、人間は誰でも、決まった距離を往復させる。その距離はどこで決まるか？　単純に、腕の長さ、つまりリーチだ。素人と違ってプロは、それが一定になる。だから、どこからどこまで塗られたかがわかれば、そこから犯人の腕の長さ、つまり身長を逆算できる。われわれは一年以上掛けて、建設現場を回り、現場の作業員の協力を得てサンプルとなるデータを収集した。確か五〇〇人以上からサンプルを取ったはずだ。それで、父親の身長は五フィート七インチ、一七〇センチないものと判断できた。息子は、五フィート九インチはある。塗り方もプロだ。息子も同じ仕事を経験している。親子でリフォーム業をやっていたのかもしれない」

「こんな狭い場所に死体を埋め込めるなんて、そっちの方が驚きますけどね」

「言えてるな。死後硬直する直前に、被害者にポーズを取らせる。その状態で更に一回、型枠で挟み込んでいる。死後硬直の後、現場まで運び、壁を一部破壊して遺体をはめ込み、何事もなかったかのように修復して去って行く。たぶん、それを一晩でやってのけている。あるいは日中かも知れないが。凄まじい執念だ」

「誘拐から死ぬまでの間に虐待を受けた痕跡は？」

「どの遺体も、胃は空っぽだった。皮膚はほとんど干からびた後だから、暴行やレイプの痕跡に関しては何とも言えないな。動機は謎だ。レイプが目的か、ここにこうして作品を埋めて歩くのが目的なのか」

「今日はこのくらいで良いだろう。いったんアビリーンに戻って、ホテルにチェックインして飯でも食いに出よう。俺の家で飲み直して……。ホテルはどこを取ったんだ？」

　と父親は息子に聞いた。

「そういう話は聞いてなかったから。いや押さえるよ、すぐ」

「アビリーンには戻らない。ここの地理を把握したいし、夜のパトロールにも付き合いたい。あと、明日は、五年前のこの辺りの土地をよく知る人間から話も聞きたいな」

「手配します。ただ、ここにもホテルはありますが、被災者の受け入れ先になっているので、部屋の空きはありません。郡庁舎か警察署のソファくらいしかありませんが？」

「警察署のソファで良いさ。扇風機くらいあるだろう。私は仕事をしに来たんだ。余計な気遣いは要らん」

「ニック、ここじゃまともな飯も食えないぞ……。そうだ。ウォルマートの近くに、流行っている寿司バーがあっただろう？」

「だから、まさにこの家の持ち主が、そこの経営者で、昨晩は、そこでご馳走になった。日本食なり韓国料理で良ければ、今夜もご案内しますよ。経費で落とせます。警察署の連中に、ＦＢＩのベテラン捜査官から、それなりの指導を頂くという理由で」

「何でも良い。ハンバーガーでも何でも」

アライは、奥方を捕まえて、「あとで、五人お願いできますか？」と頭を下げた。

どのみち、今夜、開いているレストランは、ファーストフード店の類いを含めても、そこだけだった。

アライはそれから警察署に電話し、それなりの寝床を用意するよう署長に要請した。できればエアコンがある部屋をと。

その日の夕食も愉快なものになった。前夜より明らかに食材が良くなっていた。ハンドルを握る息子だけは今夜もノンアルコール・ビールだったが。

　前夜は無かったデザートもあった。そのデザートが運ばれてくるのを待つ間、ジャレットがしばらく迷った末に口を開いた。

「……実は、捜査資料に書いていないことがある。犯人の人種像に関してだ。ブルーライト捜査官や、もちろんトシローも交えて何度も議論した。身長が五フィート七インチない白人や黒人も大勢居る。ブルーライト捜査官がずっと言っていたことだが、れいの紐の結び目。あの几帳面さは、アジア人、中でも東洋人のものではないかとね」

「身長で考えるなら、土地柄、メキシカンやヒスパニックという線もありますよね?」

　とチャン捜査官が物言いをつけた。

「そうだ。だが、暗い夜道で被害者を呼び止めるとする。君は、呼びかけた相手がヒスパニックだとわかったらどうする?」

「それは人種的問題に発展しそうな微妙な質問ですね」

「そう。それもあって報告書の類いには書かなかった。声掛けしてきたのが、白人女性から見れば小柄な東洋人だったとする。警戒心は和らぐだろう」

「日本にも韓国にも、シリアル・キラーはいますけどね」

「被害者のあの祈りのポーズ。そもそもブッダというか、仏教徒の祈りのポーズだという解釈もある。トシローは、あまり良い顔をしないんだが……」

「アジア系は、ずっとマイノリティとして扱われてきた。それでシリアルキラーが東洋人だとなるとな、どうしても抵抗したくなる。それに、東洋人は警戒心を与えないとは言え、やはり目立つだろう。テキサス辺りでは。そう自由に動けたとも思えない。可能性としては排除しないが、それをプロファイルとして書き込むと、捜査員や警察に予断を与えることになる。だから私は反対した」

食事を終えると、アライ刑事は、同じくアビリーンに住む制服警官のマイカーで、父親とチャン捜査官を送らせた。

ジャレット捜査官を自分のホンダ・オデッセイの助手席に乗せ、結局一時間近く暗闇の中、スウィートウォーターの街を北から南、東から西へと案内した。

街の繁華街は、南の二〇号線沿い、ウォルマートがある辺りだ。ホリデイ・インもあれば、新しいレストランもこの辺りに集中している。二〇号線から北側へと住宅街が広がり、ユニオン・パシフィック鉄道の小さな駅。行政機関は、わりとこちらに固まっている。更に北へ行くと、ゴルフ場と小さな湖。

二〇号線の南側には、なぜか住宅街と呼べるようなものはない。

街の北東角には、何カ所かオート・キャンプ場がある。ジャレット捜査官は、そこに興味を引かれたらしく、記録が残っているようなら調べる必要があると言った。

なぜ犯人がこの街を選んだのか？　ここからさらに西へ向かっても何もない。似たような小さな町が点在するだけだ。恐らく、仕事上の都合で辿り着いた町だろうとの見解だった。

警察署では、留置場が一番広いが、そこは独特の臭いが染みついているし、署員用の休憩室というか、仮眠室を使ってもらうことになった。

しばらく留まるようなら、ホテルのまともな部屋を一室確保するしかない。

カナダとの国境の街、そしてワシントン州最大の街でもあるシアトルを飛び立ったアメリカ陸軍のUH‐72〝ラコタ〟汎用ヘリは、一路内陸部へと飛んだ。

右手に見える、白い峰を頂く単独峰レーニア山は、かつて日系人移民らが、タコマ富士と呼んだ山だ。それを見る角度によっては、山頂に雪を頂く冬の富士山そっくりに見える。

朝陽を浴びて、神々しく輝いていた。北米中で大規模な山火事が発生しており、ここも例外ではないが、海が近いせいで、まだ空気は綺麗だった。

八人乗りのラコタには、二人の日本人と、アメリカ人二人が乗客として乗っていた。

ワシントン州陸軍州兵のカルロス・コスポーザ少佐はもうベテランの士官だ。それに対して、ATF、アルコール・タバコ・火器及び爆発物取締局のナンシー・パラトク捜査官は、まだ学生でも通りそうな若さだ。イヌイット族なので、どうかするとアジア系にも見える。それでまた若く見られる。だが彼女は、現場捜査官として、腰にどでかいピストル・ホルスターを下げていた。

一条実弥（いちじょうさねみ）シアトル総領事は、飛行機があまり得意ではないのか、少し青ざめた顔で、酔いから逃れようと必死に耐えている感じだった。

ヤキマの街を過ぎると、すぐ演習場だ。ヘリは徐々に高度を落としながら、陸軍の飛行場に着陸した。そこでも陸軍の軍用トラックが待っていた。

それぞれ担いだザックを持って、トラックの後ろからラダーに足を掛けて荷台に乗り込むと、いかにも軍隊に来たという気持ちになる。

しばらく走って、ゲスト用の隊舎へと向かった。建物には、日の丸が掲げられていた。

隊舎は静まり返っていたが、指揮官らはほぼ全員が建物の入り口に出て、一行が到着するのを待っていた。

「お待ちしておりました。第3水陸機動連隊準備室長の後藤正典一佐です。以下、第1中隊長であります」

隊舎に入ると、小さな会議室に案内された。

「静かですね?」と一条が尋ねた。

「はい。いつものように訓練を開始する予定でありましたが、本国から別命あるまで、野営の準備をして待てとの命令を受けました。その任務内容は、総領事館から説明があると」

「そういうことです」

一条が、コスポーザ少佐とパラトク捜査官を紹介し、席に就いてから会議は英語に切り替えた。

「北米で、山火事が相次いでいます。その一定数は放火だとわかっている。悪戯による放火もあるが、一定数が、意図的な放火らしい」

「何のために?」と後藤が聞いた。

一条は、その説明をコスポーザ少佐に譲った。

「――アメリカには、陰謀論に染まった連中が一定数います。ディープ・ステイトだの地球平面論だのを大真面目に信じている連中です。彼らは、ディープ・ステイトの陰謀と戦うためには、暴力も止むなしと考え、世の中に騒乱を起こそうと目論んでいる。山火事は、社会を動揺させる手段の一つです。もっとも彼らに言わせれば、その山火事を起こしているのは、ディープ・ステイト、つまり敵側の人間らしいが。

私は、平素は消防局の放火捜査官として働いています。つまり、消防士です。写真をお見せします」

コスポーザ少佐は、自分のザックから分厚いファイルに挟まれた二枚のカラー写真を出して自衛隊側に見せた。

「場所は、ロスアンゼルス近郊。一枚目は、山肌

を少し焼いて、その後のスコールで大火にならずに済んだ現場の全景です。そして二枚目は、そこから回収された発火装置の燃え滓（かす）です。極めて単純な作りで、機械式の発火装置です。タイマーを最大四八時間セットできる。パーツは中国製だが、アメリカ国内でも手に入る。似たようなタイマー式発火装置が、ウクライナでも使われました。ロシア側が、収穫期の小麦畑を焼こうとして仕掛けた。北米の何カ所かで、類似の発火装置が見つかっています。組織的な犯行です」

「異常気象が原因ではないのですか？」

「この山火事をブーストしているのは確かに異常気象による高温乾燥ですが、自然発火とみられる火災はそう多くはありません。これまでは、人為的と言っても、煙草の不始末や、キャンプによる失火がほとんどでした」

「山火事の消火活動とか、そういう依頼ですか？」

「いえ。それも必要だが、正直な所、焼け石に水です。ご存じの通り、法執行機関はどこも、大陪審判決に向けて、全国で最高度の警戒態勢に入っています。ここワシントン州も例外ではなく、州兵も待機が掛かっている。放火対策は、事実上ドローンによる監視に頼っている状況ですが、何しろこのシーズンに、ハイキング客と、放火犯を上空から見分けるのは難しい。そこで、皆さんに協力を依頼したいのです。ハイキング・コースを警戒し、敵にプレッシャーを与えてほしい。捕縛までは、望みません。その現場には、われわれが立ち会いますから」

「自衛隊が、アメリカで治安活動ですか？　相互防衛を前提とするＮＡＴＯならそれも可能でしょうが……」

と後藤は領事の顔を見遣った。

「自分らは、演習場サイドとの調整があるので、しばらく席を外します」

　コスポーザ少佐とパラトク捜査官が席を外した。

「失礼ですが領事、これは防衛省として了解済みのことなのですか？　明らかに治安維持活動ですが？」

「建前は、消防活動への協力ということになります。これは官邸案件です。もとは、シアトルの日本商工会議団体から出た話です。自衛隊はしょっちゅうヤキマで訓練しているが、アメリカの法執行機関は、大陪審に備えて消火どころじゃない。自衛隊に協力させてはどうかと。外務省から国務省へ打診されて、ぜひにという話になりました。同行したATFの係官、あれでも立派な捜査官らしいが、現場に一人で出て良いようには思えない。それほど人手不足だということです。州兵のサポートは得られるし、何もなければそれでよしですよ。自衛隊は、アメリカ政府に協力し、このヤキマの自然環境保護にも協力できたという形で八方丸く収まる」

「自分ら、ニュースとか見る暇もないのですが、その大陪審というのは何ですか？　最高裁大法廷みたいなものですか？」

「いえ、そこまではまだ行きません。あくまでも、州レベルのお話です。その州での最高司法決定機関が、大陪審という形になります」

　領事の隣に座って黙って聞いていたお付きの女性書記官が答えた。

「前回の大統領選挙で不正があったと主張する勢力、主に共和党過激派ですが、彼らが各州で起こした裁判の大陪審判決が、各州で一斉に出ます。恐らく一〇カ所以上だったと思いますが。毎回接戦になるスウィング・ステートばかりです。判決が読めない」

「それが一斉に同じ日にですか？」

「はい。この裁判を起こした連中は、大陪審判決が同じ日に重なるよう巧妙に工作したという噂です」

「それでもし、やっぱり不正はなかったということになれば、それで終わる話なのですか？」

「法曹界にもいろんな意見があるようですが、最高裁へ集約されるというのがもっぱらの噂ですね」

「最高裁は、共和党派が多数派だ。結論は決まっているじゃないですか？」

「現状ではそうですね。再び、議会占拠とか起こるでしょう。ただし今度は、民主党支持派による占拠です」

「やれやれ……」

「任務に何か問題がありますか？」

と一条が聞いた。

「実際に消火活動をやるとなると、われわれはそのノウハウも道具もありません。いわゆる円匙（えんぴ）ですが、スコップで土を掘り返して、燻（くすぶ）っている草の上に土を被せる程度のことしか出来ない」

「それでも、自衛隊が消火活動に協力したという〝絵〟は撮れますよね。われわれが欲しいのはそれですが、幸いこの辺りはまだたいした山火事は起こっていないし――」

「いえいえ、そんなことはありません！　訓練していると、地平線の向こうで、あちこち煙が上がっているのは見える。軍の飛行機もひっきりなしに消火剤を積んでは反復飛行しています。たまたまこの辺りが平和なだけです」

「いずれにせよ、その放火犯と遭遇しても、自衛隊はせいぜい追跡するくらいで、職務質問だの逮捕だのは、州兵やＡＴＦがやることになるでしょう。銃を基地に置いて出かけてもらっても全然構わない話です」

「野営となると、ここでは当然実弾を携行します。弾薬の紛失事故も起こる」

「そういう些細なトラブル時に、報告書にどう書くかは指揮官としての腕の見せ所ですな」

一条は涼しい顔で言った。

「彼女が、衛星携帯を持ち、文官として皆様に同行します。皆様も、衛星携帯くらいお持ちですよね？」

「そんなお金の掛かるものは装備していません。やっとそういう装備化の議論が始まったとは聞きますが」

「そうですか。君、大丈夫だよね？」

と一条は若い書記官に聞いた。

「ええ。キャンプは大好きですから。自衛隊のミリ飯にも期待しています」

自衛隊側士官は、口にこそしなかったが、皆やれやれという表情だった。

「それより、一佐殿、何かお水を頂戴できますかしら。ちょっと飛行機酔いしたみたいで……」

「すみません、気が付きませんで――」

と部下に命じる。彼女はいたって元気そうな顔だが、そうか、顔色が優れない領事のための水か、と後藤は理解した。出来る部下のようだ。

コスポーザ少佐とパラトク捜査官が戻ってくると、一条は、じゃあ後を頼むと部下に告げた。

「帰り、陸路じゃダメか？」と小声で質した。領事一人をシアトルに帰すために、まだヘリが待機していた。

「90号線をですか？　半日掛かりになるし、絶対そっちの方が酔います。山の中の道路ですから」

と建物の外まで見送った部下は答えた。

コスポーザ少佐は、一個中隊の陸自隊員を向かわせる場所をすでに決めていたらしく、地図を持参し、移動手段や、滞在日数や補給手段を詰め始めていた。

一番遠くても、この訓練センターから五〇キロ離れた場所だ。諸々の支援はここから出来る。大陪審判決の騒動を見極め、州兵が配置に戻れるまでとされた。

まれにグリズリーも出るが、ドローンで見張れば、事前に察知できる。明らかに放火犯だと思しき個人、あるいは複数人を発見したら、ドローンで静かに追跡し、その間に自分たちがヘリなり車両で駆けつけて逮捕するという手筈だった。

両翼五〇キロ超の山裾をたった一個中隊で守るのはどうかと思ったが、ドローンの助けも得られれば、どうにかなるか、という判断が下されていた。

州兵が配置に就いていた場所がほとんどなので、仮設テントや、仮設トイレがそのまま借りられる
とのことだった。

後藤は、準備室幕僚の権田洋司(ごんだようじ)二佐と、第1中隊長の鮫島拓郎(さめじまたくろう)二佐の三人で、ノートを開いて、生じる問題点と必要な補給物資を話し合った。

日本語でのやりとりになったので、コスポーザ少佐が、時々書記官に翻訳を頼んだ。

だが、書記官殿は、途中で三人のやりとりに割って入った。

自分のメモ帳を開いて、三人の同意を求めた。

「スキャン・イーグルは一機ですが、足りますか?」

「足りるも何も、一機しかないわけで、それでやり抜くしかありません」

「メーカー出荷待ちの最新タイプがあるのをご存じですか?　いつもなら、それはいったん解体され、船便で日本に届く。メーカーから直で、ここまで飛ばしてもらいましょう。すでに手配しまし

た。小型のドローンもたぶん足りませんね？　陸自に入っているアメリカ製のものをいくつか見繕いました。航空便でシアトルまで配達させます。そこからは領事館が。それから、防寒具が必要ですね。今年はこの辺りも暑いですが、警戒するエリアは、さらに標高を上げることになるでしょう。昼間はともかく、夜は冷え込む。いくら水機団の隊員でも辛いでしょう。防寒具と、冬用のシュラフを日本から民航機で運ばせます。コータムは足りてますか？」

「コータム？　広帯域多目的無線機のことですか？」

　と後藤一佐は目を白黒させながら聞き返した。なんでそんなことを知っているのかと。

「そうです。部隊に行き渡るだけの数は配備されてませんよね？」

「一応、ここでの訓練には数は間に合わせているつもりですが……」

「では、残る問題は、夜間作戦用の各種バッテリーと、野戦食という理解でよろしいですか？」

「そうですね。ここに留まる限りは、基地側の食事にありつけるので、戦闘糧食の類いは僅かしか持ち合わせていない。どのくらいある？」

「残るは確か三食分です」

　と権田が応じた。

「わかりました。ただちに日本から送らせます。東京は今、深夜ですが、明日の日中にＣ‐２なり、ＫＣ‐767で離陸すれば、二四時間後には、ここまで届きます。つまり、皆さんは、明日の朝食まで考えて下さればいい」

「いや、空自のことはよく知らないが、自衛隊機、そんなに簡単には飛ばせないでしょう」

　この小娘は何を言っているんだ……、という雰囲気だった。

「いえ。大丈夫です。われわれは外務省で、これは官邸案件ですから。飛べと命じれば、飛んでくれます。一個中隊分の糧食、ひとまずこのくらいのトン数でよろしいかしら？」

と彼女は、メモ帳に書き殴った数字を見せた。

「ええ。だいたい合っていると思いますが……」

「民航のシアトル便に押し込み、民航機に乗せられない物資を自衛隊機で運ぶ形になるでしょう。ところで、第2中隊は立ち上がっているのですか？」

「ええと……、ご承知かどうか、これは新編する第3水機連隊の中隊で、一個中隊がここに。もう一個中隊もすでに編成は終わっています」

「では、いざ何かあれば、応援として呼べますね？」

「それは、C‐2なり給油機なりで、呼ぶことは可能ですが……」

「後藤一佐がそのまま連隊長として着任なさるわけでしょうから、第2中隊には、その腹づもりでいるよう命じて下さい。大陪審を巡る状況は全く読めない。何も起きないかも知れないし、起きるかも知れない」

書記官は、そのやりとりを早口で二人のアメリカ人に説明した。

「そのもう一個中隊は、半日でここまで来られるのかね？」とコスポーザ少佐が書記官に尋ねた。

「一二時間でという意味ですか？　羽田からシアトルまでほんの九時間ですから、ここの滑走路に降りることを考えれば、全く問題はありません。必要になると思いますか？」

「正直、猫の手も借りたいし、この乾燥した天候が続くようだと、山火事はあっという間に広まる。一度広がったら手の付けようもない。シアトルが火の海になる……」

「了解しました。政府には、そのように伝えます。米側が更なる増援を期待していると」

「いや、ちょっと貴方！　それはここで決めて良いことではないでしょう」

　後藤が、ブチ切れる寸前の態度で口を挟んだ。

「一個中隊、山火事の煙に巻かれて死ぬよりは、一個連隊出して、未然に放火を防いだ方がましですよね？」

「そうだが……。そもそも自衛隊の仕事ではないだろう」

　書記官は、さっそくその台詞を通訳した。情け容赦もない罰のようだった。

「少佐。大佐殿は、自衛隊の仕事ではないと仰っているので、少佐から一つ、協力への最大級の感謝の言葉とか――」

　後藤は慌てて頭を下げ、手を上げてそれを制した。

「ああ！　いや。今のは取り消す！　失言だった。何というか、自衛隊のその……、われわれの本来業務ではないという意味であって、別に嫌だとか、そういうニュアンスは一切無い！　われわれは全力を挙げて協力する。日米のパートナーシップのために！」

　コスポーザ少佐が満足げに頷いた。

「ここから、霞ヶ関の本省に至急電が飛べば、それは米側の正式要請ということになり、ただちに官邸案件として処理されます。皆さんが要請したという事実はどこにも残りません。われわれはただの駒ですから。領事館に電話して、必要事項を伝えます。少佐もちょっとお願いします」

　二人が出て行くと、パラトク捜査官は、手持ち無沙汰な感じで「すみません。私のような若造が、皆さんにあれこれ命令するような格好になって」と詫びた。

「本来は、それなりの肩書きの者が挨拶に来るべきでしたが、とにかく、騒乱に備えて皆寝る暇も無く働いているものですから」

「いや、良いんだ。貴方にとっては、これも良い経験になるでしょう」

「変だ……。あの娘、外交官でしょう？　たぶん二等とか三等書記官。コータムとか何で知ってんだろう。糧食の計算なんて、われわれですら難しいのに」

と鮫島が首を傾げた。

「気味が悪いな。まるで、自衛隊の表も裏も知り尽くしているという態度だったぞ」

権田二佐も同意した。

二人が戻ってくると、コスポーザ少佐は、前にも増して笑顔だった。

「東京にはすぐ、必要事項が届きます。必要な物資は遅滞なく届けられるはずです。最短で、今夜皆様が寝る前には、まず必要な夜具が届くはずです。部隊の出発には、二四時間程度は掛かるでしょうが」

「ところで、貴方は……」

と後藤一佐が尋ねると、書記官は、事務的な顔を止め、ほんの一瞬笑顔を見せた。

「失礼しました。私の名前は土門（どもん）、土門恵理子（えりこ）二等書記官です。よろしくお願いします」

三人の幹部自衛官が三人とも、どこかで会ったような……、いや、どこかで聞いたような名前だと一瞬思ったが、三人とも、いや、そんなはずはない、とすぐ打ち消した。あり得ないことだった。

第三章　怪しい影

第3水機連隊一個中隊は、軍用トラックに乗って昼前には基地を出た。

中隊本部管理小隊を乗せた三台のトラックは、12号線を北上し、街の外れ、オート・キャンプ場へと入った。右手はキャニオン・トレイル、左手は自然保護区。まっすぐ行けばレーニア山という場所だ。

ここは清流も流れ、水場もあれば、もちろん綺麗なトイレも、調理場もある。撤収した州兵部隊が残した大型のエアドーム・テントもそのまま残され、中にはテーブルや椅子が置いたままだった。

風光明媚なキャンプ場だが、一つ、問題があった。道路は渓谷地帯の川沿いに沿って走っている。つまり両岸は峰々が聳える。それは無線の障害となる。

「コータム、使えないぞこれじゃ……。短波(HF)なら行けるか?」

と後藤一佐は、山々を見上げながらぼやいた。

「いやぁ、コータムはただでさえ使えないから……」と鮫島二佐もあたりを見回しながら応える。

「コスポーザ少佐、州兵はどうやって連絡を取っているのですか?」

「われわれはもっぱらこれだよ……」

と腰のポーチから衛星携帯を出して見せた。

「低軌道の衛星コンステレーション通信機。一度使うともう従来の無線には戻れないね。幸い、ワシントン州はシアトルの税収が潤沢だから、こういう装備も買ってもらえる」

パラトク捜査官も同様の衛星携帯だった。

「中継器として、コータムを持った隊員を尾根のピークに登らせるしかないぞ」

「どのピークも標高二〇〇〇メートル近い。昼でも冷え込みます。夜は間違い無く氷点下です。風も吹く。下手すると遭難します」

「ここは携帯の旗が立つわけだよね。中継用に使うとなると、コータムの数は全然足りないし、防寒着もない。コータムと、携帯電話を中継器として使おう。それでしばらく凌ぐしかない。各小隊の指揮所が立ち上がったら、中隊長は、あとで巡回に出てくれ」

「了解であります。しかし、この広さ、いざ現場に出てみると、これで放火を防ぐというのもひと仕事ですね」

このオート・キャンプ場にも、当然客はいるし、トレイルへと向かうハイカーも追い越してきた。それら一般客と、放火犯を見分ける必要もある。果たしてドローンだけで片付くとはとても思えなかった。

警戒を受け持つエリア内の白地図を作ってテントの壁から下げた。テーブルにパソコンを並べ、施設側から貰った電源で動かす。

「エリアの南側に、ネイティブ・アメリカンの居留地がありますよね。ここの警戒はどうなっているのですか？」

「それはちょっと難しい問題で、ここワシントン州には、居留区が何カ所もある。彼らは、われわれのドローンが飛ぶこともあまり快しとしない。放火の警戒ということで、一定の理解は得ているつもりだが……」

　と少佐は、ネイティブなパラトク捜査官に譲った。

「正直な所、難しいです。居留区でも、放火警戒の人は出していると聞きますが、別にフェンスが張ってあるわけではないので、犯人はお構いなしに出入りする。むしろ、そこから先は居留地だと知っていれば、われわれがおいそれと入れないことを逆に利用して火を点けるでしょう。居留民を刺激しない距離と高度で、ドローンを飛ばすしかありません。彼ら、視力に優れますけれど。ネイティブとはいえ私も都会育ちなので、彼らと話が出来るというわけではないんです……」

「それで、手順としては、どんなやり方になりますか？」

「スキャン・イーグルを飛ばし、エリア内のハイカーをマーキングする。一人残らず全員ね。彼らは徒歩だから、急にはいなくならない。彼らの登山と下山を見守り、もし不審な行動を取っていたら、歩兵を派遣してさらに監視下に置く。この辺りの山では、ガイド付きの登山も多い。彼らとも連絡を取り合っているから、もし何かあれば、助けも得られるし、助けられる。

　何事も起きなければ、カバーするエリアを徐々に拡大する。いずれにせよ、大陪審を凌いで、州兵が配置に戻れるまでです」

「州兵は、この警戒任務からいつ解放されるのですか？」

「この高温乾燥が終われば、われわれも家に帰れます。ただ、現在の長期予報では、目処は見えない。ひょっとしたら、このまま秋がないまま、冬に入るかも、あるいは冬のない秋が続くかもという話ですから」

「よし。ではまず、監視エリアを細かく区切って、そこからハイカーをピックアップしましょう。敵味方不明な識別不明者（アンノウン）として見立てれば、いつもやっている訓練と同じです。付近に小隊がいれば、斥候を出して遠巻きに監視します。ということで、よろしいですかな？　書記官」

　と後藤一佐は外交官に許可を求めた。

「もちろんです！　何かあったら、仰って下さい。市ヶ谷とも、長崎の水機団本部とでも、世界中どことでも繋がりますから」

　土門二等書記官は、右手に衛星携帯を持ちながら言った。この辺りで標高五〇〇メートルだ。少し涼しくは感じるが、それ以上に紫外線が強烈だった。

　土門は、サングラスに替え、ブーニーハットを被っていた。下はジーンズに、ハイカットのトレッキング・シューズ。防寒用ジャンパーまでザックに入れ、何もかも準備万端で、そのままハイキングにでも出かけそうな装備だった。

　日本時間は午前三時、四時という非常識な時間帯だったが、兵站部門は淡々と動き、シアトル行きの民航機や貨物便を確保し、航空自衛隊は、昼前にＫＣ‐767空中給油機を伴ったＣ‐２輸送機を離陸させられるよう準備し、陸上自衛隊は、輸送機の離陸時刻に間に合うよう、入間基地に、それらの補給物資を積み込めるよう手配を急いだ。

　各拠点に配置した小隊指揮所が立ち上がると、小隊運用前提の小型のドローンも各自発進させた。監視エリアの外では、すでに燃えている山もあり、そちらの監視もスキャン・イーグルである程度受け持つことになった。

　午後は、ハイカーのマーキング作業と、付近の地勢把握で費やした。一応、訓練であるので、拠点防御や攻勢、味方への援軍など、敵が攻めてくる前提での作戦立案も指導させた。

土門二等書記官は、総領事館や、時には本省と直接やりとりしながら、それらの訓練も興味深く見守った。

斥候を尾根伝いに登らせ、地形も把握し、土門とパラトク捜査官は、キャンプ場の管理施設に泊めてもらえることになった。管理施設といっても、ソファと、自衛隊から借りた薄いマットレスがあるだけだが。

日没を迎えると、気温はぐっと下がる。だが、コスポーザ少佐は満足げだった。

スキャン・イーグルが捕捉した全てのハイカー、総数二〇〇名ほどいたが、その全員のマーキング作業は、日没前に終わった。

中隊指揮所では、それら全員に識別用のナンバーを振り、人数、おおよそ推定できる性別、目的とするピークや、逆にハイキングの終点を想定し、スキャン・イーグルが戻って来た時、こちらの想定通りの位置にいるかどうかを確認できるようにした。

全て手作業だったが、テントの壁に吊した白地図に、それらの情報を逐一書き込み、修正していった。

状況が動いたのは、暗くなった直後だった。コスポーザ少佐の衛星携帯に、州軍本部から注意を促す気がかりな報告が入った。

ガイドが、不審者集団とすれ違ったという情報だった。

すぐ、手元の情報と照合された。

「すれ違ったガイドが、たぶんこのBエリア4の、β12‐4の四人組。すれちがったのは、そこのβ12‐6、つまり六人組ですね。もう下山途中だ。暗くはなるが、まあ安全な時間帯に、駐車場まで降りられるでしょう。どういう情報ですか?」

と後藤は少佐に尋ねた。

「アメリカ人では無かった。英語は得意だったが、明らかにロシア人の発音の英語で、本人たちは、ブルガリアから来た旅行者だと名乗ったらしい」

「怪しいと思いますか？」

「下山時刻が押しているのが気に掛かる。たぶん、足が遅いメンバーがいたということだろうが……。スキャン・イーグルで発見した時には、すでに下山ルート上を下っていた。どうだろう。彼ら、どこから登ってきたんだろう」

スキャン・イーグルが撮影した写真を再生させると、かなり大きなザックを背負ったグループだった。

「全員、八〇リットルを越える大きなザックを背負っている。ワンデーやツーデーではない、一週間くらいのトレイルのグループだ。取り立てて怪しい所はないが……」

「男性六人掛かりで放火はしないでしょう」

とパラトク捜査官が発言した。

「どうだろうなぁ……。確かに、怪しい要素はない」

「下山ルート上に、一個小隊います。彼らにフォローさせましょう。もし車に乗るようなら、ナンバーを控えさせ、他のハイキング・コースへ向かうようならしばらく尾行させます」

「そうして下さい。まだ怪しいハイカーが出てくるかも知れないし。ちょっと、私も彼らを迎えに出てみます」

「少佐がですか？　そこまでする必要がありますか？……」

「この辺りのガイドは、皆それなりのベテランです。彼らが怪しいと判断したことには、それ相応の根拠があったはずです。パラトク捜査官も来るかね？」

「もちろんです。お供します」

　土門が、「私もちょっと夜空を眺めに」とパラトク捜査官に続いた。

「お気を付けて」

　と後藤は見送った。

「第二小隊エリア内か。向こうは携帯は通じないんだよね？」

「コータムだけですね、そのコータムが通じない」と権田二佐が答えた。

「よし。では、携帯で中継して第二小隊に命令。対象者グループを、接近中の仮想敵威力偵察部隊と想定し、これを悟られないよう周囲から監視、尾行せよ。車両に乗り込んだらナンバーを確認。他のハイキング・コースに乗るようなら、これも別命あるまで見届けよ――。以上だ。ま、これも訓練だ。他のハイキング・グループと遭遇する可能性はないな？」

「いえ。ありません。たぶん全員、降りたか、次の峰へ移動したかです。この時間帯から登ってくるハイカーがいるとしたら、それこそ放火犯でしょう」

「まあ、銃撃戦になるわけでもないしな。ただ、迷彩服を着た自衛官が演習場の外で、市民に目撃される状況はなるべく避けたい。このご時世だと、解放軍が上陸してきたぞ！　みたいな誤解を与えかねないからな」

　スキャン・イーグルは通常コースに留まり、小隊運用の小型ドローンで監視することとなった。

　第二小隊は、中隊指揮所のほぼ真北二五キロ、高度一〇〇〇メートル級の高い尾根を何本も挟んだマナスタッシュ川沿いのコテージに拠点を構えていた。ここから真西へ向かえばレーニア山の麓だ。

避暑用の別荘地だ。同じ外観の戸建てが一〇棟ほど林の中に建っている。その一軒を、州軍から借り受けて指揮所にした。ただし、人の出入りは目立つので、建物に入るのは、トイレ使用と休憩時のみとし、指揮所自体は、隣の林に天幕を張った。

　小隊長は、防大一選抜組のエリートとして常に最も過酷な部隊を志願してきた榊真之介（さかきしんのすけ）一尉で、レンジャーバッジはもとより、すでに第1空挺団に二年在籍して空挺バッジも持っていた。

　ベテランではないが、水機団小隊を率いるに相応しいキャリアを重ねるエリート士官だった。

　指揮所の中で、全翼タイプの手投げ式無人機JUXS-S1が上昇していくのをモニター越しに見守った。

　天幕の中は、夜目を確保するために赤い暗視照明だ。外からは、その天幕の場所すらわからないほどカムフラージュされている。全ては、訓練という名目で回っていた。

「こちらの斥候が配置に着いたら、いったんドローンを降ろそう。三〇分の警戒が限界だ。何かあったときのために、すぐ再発進できるようにしておきたい」

「了解です。早めに降ろしましょう。もう少し、足の長い固定翼タイプが欲しいですね。せめて二、三時間は哨戒できるくらいの」

　と小隊ナンバー2の父親役、工藤真造（くどうしんぞう）曹長が応えた。彼もレンジャー・バッジ、空挺バッジを持つ。水機団誕生以前の西方普連の頃から下士官を務めるベテランだった。

「それ欲しいけれど、ちょっと重たくなるよね。小隊レベルの歩兵では担げないから、連隊レベルで保有して飛ばし、運用だけ小隊に預けてくれるとかしてほしい」

「それは良いですね。日本のメーカーさんも、いろんなタイプのドローンを開発しています。われわれのニーズに合致したドローンがいずれ出来るでしょう」

「それが出来るってのと、買ってもらえるというのは別だけどね。晩飯どうしようか？」

「これが片付くのを待ちましょう。彼らは、三〇分もあれば、道路沿いまで降りてくるはずです」

「付近に車は無かった。となると、このまま隣のハイキング・コースへと移動だよね。何が楽しいんだか……」

アメリカ陸軍の新型MRAP、RG‐33装輪装甲車で、コスポーザ少佐一行らが到着した時には、ようやくドローンが、その六人組を眼下に捕捉した所だった。ヘッドランプが六個。かなり早いペースで降りてくる。

味方の斥候が、ハイキング・コースを途中まで登ってから、脇へと逸れ、ごつごつした岩場の山肌を登る所だった。まもなく、その六人組をやり過ごせるはずだ。

「彼ら、暗視ゴーグルを使っているのかね？」

とコスポーザ少佐が衛星携帯を出しながら尋ねた。

「持ってはいますが、今は月灯りで登っているはずです」と榊一尉が答えた。

コスポーザ少佐は、衛星携帯で呼び出した相手が出ると、少し厳しい態度で、「急いでくれ！」と急かしていた。

「移動中、衛星携帯がなかなか繋がらなくてね。こういう時は携帯の方が良いな。ここは避暑用コテージなのに、携帯の電波は入らないの？」

「はい。そのようですね。コテージの管理人に聞いたら、ここはそもそも都会人が避暑に来るためのコテージだから、携帯のアンテナ塔はわざわざ撤去させたとかで。ただし、ほんの二〇〇メートル町側へ向かうと携帯は繋がります」

「そろそろ、ドローンを引き返させますが、よろしいですか？」

と曹長が聞いた。

「斥候が背後に回り込むまで、もう少し待とう」

コスポーザ少佐が、繋がった衛星携帯で、聞いた名前と電話番号をメモした。

「さて、相手が出てくれれば良いがな……。ツアー登山だと、もう目的地に着いて夜営。ガイドがテントの外でパスタでも煮込んでいる頃だ。スキャン・イーグルを向かわせれば、その様子が観察できる」

だが、相手は出なかった。電話は鳴っている。だが出電源も入っていれば、受信も出来ている。だが出なかった。少佐は、少し胸騒ぎがしていた。


ロシア語で東方を意味する民間軍事会社〝ヴォストーク〟は、ワグネルが解体された後の新興軍事会社のひとつだった。構成員も、流儀も、ワグネルとたいして変わらない。

ただ、ウクライナで戦うわけではない彼らは、基本的には、軍歴がある者だけで編成された精鋭部隊だった。

六名の部隊を率いるゲンナジー・キリレンコ大尉は、五〇歳手前のベテラン士官で、ここ一〇年は、アフリカ、シリア、そしてウクライナでも戦った。今こうして生きているのが不思議なくらい過酷な戦場を渡り歩いてきた。山ほど負傷し、山ほど敵を殺した。いや、敵かどうかもわからない民間人、女子供まで。

その副官を務めるワシリー・ドミトフ軍曹も同様だった。ウクライナの戦場に見切りを付けて以来、ずっと二人で組んできた。あの不毛な戦場で命を無駄にせずに済む分、彼らの今の境遇はましだった。

　何しろ、トレイルを歩いてキャンプしながら、仕掛け花火を藪の中に置いてくるだけの簡単な任務だ。武装もしていたが、銃を取り出す必要があるとしたら、グリズリーと遭遇した時くらいだ。そして、そういう時は、だいたい手遅れだ。たとえ銃を胸に抱いていたとしても、構える暇も無く張り倒されるだろう。骨が砕けてそれで終わりだ。

「大尉、ドローンが飛んでいます。われわれは尾けられています」

　とアレクサンダー・オレグ伍長が報告した。背中に背負ったドローン・センサーの集音マイクが、人間の耳では聞き取れないほど小さい人工音を片っ端から拾っていた。拾いはするが、装置が分類するのはドローンだけだ。ローター音やモーター音、エンジン音など。

「間違い無いか？」

「はい。五分以上トーンの強さが変わりません。ただ上空を通過するだけなら、トーンはすぐ小さくなります。恐らく3時方向を飛んでいます」

「われわれ、普通のトレッキング客に見えないですかね……」

　とドミトフ軍曹が呟いた。

「さっきすれ違った四人組のハイカー。あのガイド、明らかに軍歴ありだぞ。自分らがそう感じたということは、向こうもそう感じたはずだ。東欧からの男六人組、ピンと来てもおかしくはない。そろそろアメリカ人も気付くはずだ。放火して回っているのが、アメリカ人ではなく、ロシア人だとな。伍長、誰かが背後に回った可能性はあるか？」

「下までもう二〇分もありません。誰かが駆け上ってきてわれわれをいったんやり過ごした可能性はあります」

「よし、ちょっと脅かしてやれ。この後はどうせハイカーは降りてこない。ブービー・トラップを仕掛けてやれ。ここで五分休憩だ。みんないったんザックを降ろして休憩を装え。銃を出して、サイドのストラップに止めろ。それで、前の者の銃をいつでも摑める」

「モスクワに交戦許可の確認を求めますか?」

「いやぁ、そんなことをした所で、たらい回しに遭うだけだぞ。大陪審は明日だ。全米中がそれどころじゃなくなる。アメリカ人は誰も彼もがぶっ放したくなる。そういう事件の一つとして消費されるだけだろう。われわれはここに、草原に放火に来たわけじゃない。世論に放火するために来たんだ。本来任務を始めるべきだろう」

全員ザックを降ろすと、八〇リットルのザックの中に仕舞っていたSIG・MCXアサルト・カービンとマガジンを取り出し、ザック横のベルトに縛った。そうすれば、ザックを背負った状態でも、バディを組む者同士が相手の銃をすぐ取り出せる。

五分休憩し、休憩した印に、何人かがそこで小便をした。その間に伍長が地面にブービー・トラップを仕掛けた。


コスポーザ少佐は、五回電話をかけ続けてようやく相手が出たことにほっとした。ザックをテントに突っ込んだまま食事の用意をしていたらしい。

とにかく、電話が繋がり、一次情報を遺した当事者と直接やりとりすることが出来た。二人とも低軌道衛星でのやりとりのため、ほとんど遅延なく会話できたが、肝心の所になると、早口で会話が交錯した。

「軍? 軍隊ですか?」

「そう。州警察には、恐らく軍隊上がりの集団だとはっきり言いましたよ？」

「そんな報告は聞いてない！」

「それはそちらの問題ですね。高度二〇〇〇メートルの頂きにいてはたいした検証はできない」

「どうして軍隊上がりだと思ったのですか？」

「貴方も軍人ならわかるでしょう。私は一〇年陸軍にいて、最後の三年はグリーンベレー隊員として世界を飛び回った。各国の軍隊を訓練するために。われわれには、独特のカラーというか雰囲気がある。お互い視線が合った瞬間にわかった。こいつらは軍隊上がりで、今もその規律を維持しているグループだと」

「それで、ロシア人なんですね？」

「さすがにこのご時世、彼らもロシア人だとは名乗れないだろうが、旧東欧圏から来た、は無理がある。あれは間違いなく、ロシアの軍人上がりの集団です。われわれは危険なのですか？」

「いえ。そちらはもう安全だと思います。ただ、彼らは発火装置をあちこち仕掛けたはずです。それは恐らく深夜か、夜明け前に作動するでしょう。山火事に巻かれるリスクがあります。夕食を終えたら、一番近いルートから下山することをお勧めします。われわれが車両で迎えに行く」

「わかりました。残念だがそうします。有り難う少佐」

少佐は電話を切ると、「ああ、拙い！」と呻いた。

「大尉、斥候の二人と今、連絡が取れるか？」

「何カ所か無線を中継させることになります。急ぎですか？」

と小隊長が尋ねた。

「直ちに追跡を止めさせてくれ。危険だ。われわれが追っている敵は、恐らくロシアの兵士で、スペツナズだ！」

「斥候に無線を送れ、直ちに追跡を中止。身を隠せと」

　だが、その直後だった。ドローンの暗視カメラが、パッと光るものを稜線上で捉えた。何かがフラッシュというか、爆発したような感じだった。

　そして、別の何かが斜面を転がっていく。人間の体温を持つ、何か。それは、人間ということで、モニター上では、四角いボックスで囲まれていた。ただし、味方を意味する青いボックスだった。

「ああ！　拙いぞ。手榴弾か何かか。斜面を転げ落ちている」

「大尉、救護班を編成して向かわせろ。それと、警戒に当たっている兵士は、実弾は持っているんだな？」

「はい。マガジン六本を持っています」

「直ちに応戦準備を命じろ。奴ら、次は撃ってくるぞ」

「しかし、自分の判断では。中隊指揮所とは直接話せませんし――」

　土門が、自分の衛星携帯を差し出した。

「部隊の携帯電話の番号を入れておきました。話せます」

「すみません、お借りします！」

「ドローンのバッテリー。間もなく帰還限界点に達しますが？」

　とオペレーターが報告する。

「バッテリー交換後、すぐ離陸できるな？」

「はい。ただし、現場に戻るまで最低一五分は掛かります」

「戻せ！」

　後藤が出ると、榊一尉は手短に状況を伝えた。恐らくブービー・トラップにやられて一名が滑落したこと。生死は不明。それを仕掛けただろう六人組は、まもなく山を降りて、こちらの警戒ラインに到達することを。

「敵は撃って来たのか？」

「いいえ。発砲は確認されておりません。銃を所持しているかも不明です」

「残念だが、とても交戦法規をクリアしたとは言えないぞ。命令は変わらず。対象集団を引き続き距離を取って尾行せよ。スキャン・イーグルをそっちへ向かわせる」

「了解であります。引き続き距離を取り、尾行に徹します」

「銃を貸せ！　暗視ゴーグルも。ＭＲＡＰでプレッシャーを掛ける。敵はわれわれの監視下にあることに気付いている。ここで食い止めなければ面倒なことになる」

　少佐が有無を言わさぬ顔で要求した。

「いやさすがにそれは……。部隊として上官の命令がないと……」

「電話なら、何度でも掛けられます！　バッテリーは十分です」

　と土門が笑顔で言った。

「小隊長。自分が同行します」

　と工藤曹長が申し出た。

「いやぁ……」

「責任は負いますから。何人乗れますか？」と少佐に尋ねた。

「四駆だから後ろの客は四人だが、リアのステップに二人立てる」

　工藤は部下を四名選抜して装備を持つよう命じた。土門も携帯を持ち、「防弾チョッキ、借りられますか？」と榊に尋ねた。

「冗談は止して下さい！　危険です」

「でも、格上の外務省が言うことを、自衛隊は止められないですよね」

　と土門は相変わらず笑顔で告げる。

「あと。耳栓や暗視ゴーグルも」

榊は、ヘルメットとイヤープロテクター、暗視ゴーグル、防弾プレート入りのタクティカル・ベストを土門に預けた。

「何かあっても責任は取れませんよ！」

「もちろんよ」

ＭＲＡＰのＲＧ‐33に乗り込む。ドライバーだけ陸軍の兵士だ。彼も銃を持てば、アメリカの軍と法執行機関三人で銃を撃てることになる。

キャビンの工藤は、前に抱いた背嚢からマガジンを出してタクティカル・ベストのポーチに入れ替え、部下にもそうするよう命じた。

「書記官殿、お願いがあるのですが、あとで、少佐殿に、弾を融通するようお願いしてもらえますか？　あとで弾数さえ合えば、われわれは撃たなかったことに出来る」

「問題ありません。そうお願いします」

「暗視ゴーグルを使う時は気をつけて下さい。接眼部の灯りが漏れて肌に反射して目印になります。特に女性の化粧品はよく反射する」

「迷彩ドーランは反射しないんですの？」

「最近のはそこまで考えられていますね。低反射ですが、全く反射しないわけじゃない」

ＲＧ‐33は、途中からヘッドライトを消して暗視ライトだけで速度を落として進み始めた。まだ対向車がいる時間帯なので、ママチャリ並の速度だった。

「登山口から四〇〇メートル手前で車を止め、われわれを降ろすよう少佐に言って下さい。散開して応戦します」

土門は、それを助手席のコスポーザ少佐に伝える。

「スキャン・イーグルが真上に来ても、携帯は通じない。その情報を貰うことは出来ません。書記

官殿は、ここで身を伏せて動かないで下さい」

「衛星携帯なら、それを見ている中隊指揮所と直接話せますけれど？」

「ではそれをお借りできますか？　自分がやりとりしながら行動します」

「ある物は、有効に使いましょう！　でも、私も同行して良いかしら？」

「いいえ。貴方の安全に配慮している余裕が無い。全体の安全のためです」

「わかりました。従います」

「ところで、書記官殿。お父上はご存じなのですか？……」

　と工藤は小声で尋ねた。

「あ、それ。皆さんには内緒ってことでお願いします」

　迷彩ドーランを塗った工藤は、「了解です」と笑った。


　レーニア山への一本道を西へと走る。だが、コスポーザ少佐が、登山道の五〇〇メートルほど手前でいったん止めさせた。

「車がいるはずだ。この辺りに、他のトレイルへ抜ける登山口はない。となると、彼らはここから車で移動するはずだ。だが、スキャン・イーグルの映像では、停めっぱなしの車は見つかっていない。誰かが迎えに来て、どこか近くの森に隠してあるのだろう。ここで降りよう！　書記官、この車は、アサルト・ライフルの弾くらいなら止める。車から出ないで下さい。こいつを囮に使います」

　装甲車両を降りると、工藤は暗がりで、部隊の20式小銃を少佐とパラトク捜査官に手渡した。

「ナンシー、アサルト撃ったことはある？」

「はい。一応、訓練で。ピストルほど使いやすくはないですね」

「そうだな。曹長、これは誰でも撃てるよね？」

「ノープロブレム！　ＳＣＡＲプラスＨｋ。あるいはそのコピー銃です！」

マガジン三本を手渡す。

「よし、両翼に別れて移動しよう」

工藤は、歩きながら衛星携帯のリダイヤル・ボタンを押した。

相手が出ると、「何も聞くな！　敵の居場所だけ教えろ」と命じた。

敵はすでに林の中を移動中で、見えたり消えたりとのことだった。

工藤は更に「迎えの車がいるはずだ。車を探せ！」と命じた。

登山口付近に近づくと、背後からＲＧ‐33が速度を上げて走って来る。歩兵を追い越し、急ブレーキを掛けると、登山口方向を向いて突然ヘッドライトを点した。

見えている、投降せよ！　という威嚇だった。

だが、返事はもちろん、銃弾だった。敵は、問答無用に撃ってきた。ヘッドライトが二発とも撃ち抜かれて消える。運転席の窓は、割れはしなかったが、数発が命中して罅が走った。

しかし、装甲車が的になっている隙に、歩兵は前進した。道路脇の木立から、コスポーザ少佐が発砲を開始する。工藤は、装甲車の陰を利用して伏射姿勢を取り、敵を狙撃できるかどうか確かめた。

狙撃隊員もいるにはいたが、指揮所にはいなかった。狙撃用ライフルも暗視スコープもない。ここは数で押すしかないと思った。

部下四名に、一斉射撃を命じた。マガジン一本分、撃ち尽くせと。その一方的な攻撃は二〇秒余り続き、敵はそれで沈黙した。だが、殺られたわけではない。

五分後、林を抜け、またハイキングコースを登り始めた姿が捉えられた。その方角に、味方の斥候一人が取り残されていたが、六人の男たちは、そこまでは登らず、ヘッドランプなしに、道が無い斜面を移動し始めた。

追い掛ける余裕はなかった。それに、工藤らが展開した手前の林から二台の乗用車が急発進したせいで、スキャン・イーグルはそちらの追跡を優先させた。

バッテリーを交換し、再び空に上がったドローンも、敵を発見することは出来なかった。

敵が潜んでいた森の前まで装甲車を盾に前進した。

土門も車を降りて歩いた。

「あれだけ派手に撃ち込んで、誰も死んでないのですか？」

「戦場はそういうものです」と少佐が言った。

「迎えの車もいたということは、それなりの規模の部隊行動でしょう。正規軍崩れの民間軍事会社。いざ捕縛されても、政府は知らぬ存ぜぬと言い逃れ出来る」

「車は追跡できますか？」

「あまり意味はないですね。そもそもパトカーを数出せるような状況では無いし、アサルト・ライフルで武装しているとわかっている敵をパトカーに追わせるわけにもいかない」

追跡している車両は、エレンズバーグの街中に入った所で見失った。いや、正確には、車両は追えていたが、運転手は車を捨てて逃げ出し、街の闇の中へと消えていったのだった。

衛生隊員と組み立て式の担架を持った榊小隊長が軍用トラックでようやく駆けつけた。

「味方に負傷者は！」

「全員無事です。反撃は、装甲車が狙われた一瞬のみでした」と工藤が報告した。

「向こうが先に撃ってきたんだよね？」

「はい。間違いありません。それに少佐が反撃し、黙った敵は退却した。それで終わりです。われわれはただ同行し、見守っていただけです」

「そういうことにしよう」

「君の部下は極めて優秀だ。完璧な反応をしてくれた」

　と少佐が称賛した。

「ええ、まあ……」という榊の表情は引き攣っていた。

「滑落した隊員を救助に向かいます！」

「気をつけてくれ。さすがにブービー・トラップを仕掛けるような余裕は無かったと思うが、足下には警戒してくれ。ワイヤーの類いに」

　ドローンの監視では、滑落隊員は生きているというか、反応はあるとのことだった。ハイキングコースから外れ、途中涸れた沢を早足で登る。榊は先頭に立った。手榴弾で吹き飛ばされ、斜面を転げ落ちた部下は、あちこち破片を喰らってそれなりの出血をしていたが、大きな怪我は手首の骨折のみだった。背負った背嚢がクッションになり、肘や膝のプロテクター、そして何よりヘルメットが、身体を守ってくれたのだ。

　担架に乗せられ、登山口まで呼んだ救急車に載せられるまで榊は同行したが、命には別状なさそうだった。

　その頃には、中隊長の鮫島二佐も、状況偵察に現場まで顔を出していた。パトカーも一台だけ姿を見せていたが、発生した銃撃戦の規模を考えると、いかにも米側は、要員不足な印象は拭えなかった。

「榊一尉、良くやった。的確な判断だった」

　救急車が去って行くと、中隊長は部下の働きを誉めた。

「いえ。斥候が命拾いしたのは偶然というか奇跡だし、ここでの出来事は、全て工藤曹長の判断です」

「だが、君は部下を信頼して送り出しただろう？　それが大事なことだ。終わりよければすべてよしさ。ま、終わっちゃおらんが。何もかも始まったばかりだ。全米中で、山に放火して回っているのがロシア人だとわかったら面倒なことになる。それこそ陰謀論だとして、騒乱の種になるだろう」

　コスポーザ少佐とパラトク捜査官は、パトカーのボンネットに山岳地図を広げて、ライトで照らしながら、蛍光マジックでラインを引いていた。それを背後から土門が覗き込んでいた。

「問題は、彼らがどういうルートでどこから歩いて来たかだ。ここ三日、この辺りでは山火事は起こっていない。四八時間タイマーをフルで利用するとして、南から北へとトレイルするコースなら、だいたいこんな感じか……」

「セントヘレンズ山の麓を発して、確かにこのコースが無難でしょうね。ポートランドからだと、三日はかかりますが、あの辺りではさほど大きな山火事は起こっていない」

「このエリアを監視するとなると、スキャン・イーグルが何機もいるぞ。晴れていれば、それこそレーニア山の頂上から望遠鏡で監視もできるが、それは上がる火の手がだいぶ大きくなってからだ」

「どうやって消すんですか？　ヘリも消防士も騒乱に備えて待機命令が出ている。麓から登っても間に合わないし」

「初期消火なら、水は要らない。人手さえあれば何とかなる」

「その人手を、ヘリもなしにどうやって現場に送り込むのですか？」

「人手はある。問題は、送り込む手段だな」

少佐は、土門に中隊長を呼ぶように頼んだ。

鮫島が現れると、少佐は、広げた地図を指し示した。

「恐らく、今朝まだ暗い内から火の手が上がります。一〇カ所以上にね。午後には大陪審判決が出始めるので、法執行機関は全て群衆対処に備えて待機します。だが、山火事は、そこで起こるとわかっていれば、対処は可能です。土を水代わりに使って延焼を防ぎ、火そのものも消す。大きくなる前に発見することでね。中佐の部隊では、全員が空挺バッジを持っているのですか？」

「いや、推奨しているのはレンジャー・バッジであって、空挺バッジは、空挺団上がりの連中だけですね。そう多くはない。それに、どうやって彼らを乗せる飛行機を確保するのですか？」

「それは当てがあります。民間団体ということになるが」

「危険ですよね？　角度もわからない斜面に向かって、パラシュートで突っ込むなんて」

「ええ。山火事が多いカリフォルニア州で、何度か検討されたことがあります。消防士をいっそパラシュートで送り込めば良いじゃないか？　と。ただ、仰る通り危険だし、そもそも発生直後に発見出来るケースは稀なので、毎度、検討だけで終わる。ドローンが長い時間滞空できるようになったことで、早期発見は可能になった。あとは人間側が対応するだけです」

「それを暗い中でやる？　夜間のパラシュート降下なんて、最精鋭の特殊部隊でしかやらないことだ。率直に申し上げて、いくら日米同盟のためとは言え、同意できる案件ではない」

「薄明の中でです。さすがに暗視ゴーグルで暗闇に降りるのは無理です。薄明を待ってということにしましょう」

「持ち帰らせて下さい。少佐、さすがにこれは、前向きな返事が出来るとは思えないが」

「お願いします」

土門は、少佐やパラトク捜査官らとしばらく話し込んでから、指揮所へと引き揚げる鮫島二佐の軽装甲機動車に乗り込んだ。

指揮所では、後藤一佐が、衛星携帯を貸してくれたことをまず土門にお礼したが、その顔には、また厄介事を持ち帰ってくれたな、と描いてあった。

後藤は、土門と鮫島を伴って天幕を出ると、少し離れた誘蛾灯の近くまで出た。そこまで出れば、互いの表情が読み取れる。

夜はどんどん冷え込み、吐き出す息が白く曇っていた。

「あのコスポーザ少佐、われわれのことをネイビー・シールズか何かと勘違いしてやいないか？」

「断るということで良いですよね？　胸を張って断るということで」

「当たり前だ！　さっきの問題は、自衛隊が米国内で治安維持任務に当たることが許されるかという純粋に政治的、法律的な問題だったが、これは隊員の命に関わる。いくら外務省の要請でも、ＯＫしようはないぞ……」

と土門を睨んだ。

「私、何も発言してませんが⁉」と土門が平然とした様子で言う。

「その顔に描いてある！　足下も良く見えない中で、一度も使ったことの無い他人のパラシュートで飛び出し、山の斜面に取り付くなんて、正気の沙汰じゃない」

「斜面と言っても、この辺りの山系は、日本の山ほどじゃないような。わりとなだらかな地形ですよね。そういう所でないと、敵も発火装置を置けないと思いますが？」

「じゃあ、あんたやってみるか！」

「連隊長、素人の彼女に怒っても」

「どうせまたこいつが、俺がぶつぶつ文句を言ってぶち壊したとアメリカ様に吹き込むんじゃないか」

「できないものはできないでしょう。ただ、ここで判断せずに、市ヶ谷でしたっけ？　幕僚監部とか、防衛省に判断を委ねるという手もありますよね」

　土門は、臆せずに涼しい顔で反論した。

「現場で、出来ません！　と言ったことを偉いさんが命令できるわけが無いでしょう！」

「いや。しかし連隊長、それはちょっと。幕(ばく)は、時々無茶言ってきますよね。それで現場は神経をすり減らす」

　鮫島は、少しどっちつかずな態度を取った。

「え？　君どっちの味方なの？」

「いえ、そういうわけでは……。ただ、パラシュートの操縦は万国共通だし、安全確保に万全を期してそれを敢行できれば、その絵柄から得られるインパクトは大きいだろうな、と。ちょっと浮かんだだけですが……。アメリカの環境保全のために、たまたまその技量を持っていた日本の自衛隊が、危険を冒して大活躍してくれた。これって、銃を撃ったという話ではないから、日米で大々的に広報も出来ますよね？」

「はあ？――」と後藤は絶句した。

「君、空挺バッジを持っててそんなことを言うのか？」

「だって……。われわれ、アメリカさんの言うことを断れないじゃないですか？　最悪の場合、官邸や幕のご機嫌を損ねて、われわれ、どこか僻地の警備所なりに左遷ですよ。自分は、そんな目に遭うならリスクを取ります」

「いくら当事者じゃないからって、幕がこんなことをほいほい認めるわけがないだろう?」

「わかりませんよ。外務省の方が格上なんだから、一言外務官僚から防衛官僚に『やれ!』と言ってきたら、防衛官僚は断れますか? 断った事例がありましたか?」

後藤は、深々と嘆息した。

「……、行けると思うか?」

「スキャン・イーグルで事前に徹底的に観察し、可能な限りフラットに近い地面のみでそれを行うというルールを設ければ」

「死人が出たら、誰が責任を取るんだ?」

「われわれです。残念ですが、そのためにここにいる」

「ひとまず三〇名選抜しろ」

「有り難うございます。一佐殿」

と土門は頭を下げた。自分の父親は、ずっとこんなギリギリの選択を繰り返してきたのだろうかと思った。たぶん、あの部隊でも滅多にはやらない無謀な作戦だ……。

土門は、本省へと電話を入れ、米側からの要請を伝えた。そして、自衛隊の現場部隊は「出来る」と判断していると報告した。

第四章　ヤキマ作戦

マイキー・ベローチェ退役陸軍少佐は、州軍から連絡を受けると、まずかつての部下に電話し、ただちに段取りを付けるよう命じ、愛車のシボレー・シルバラードのピックアップ・トラックに、自前のパラシュートや装備を放り込み、ヤキマの自宅を出て演習場内へと入った。

かつて自分もそこで各国から訪れる陸軍部隊の訓練教育に加わった。あまりに広大なエリアなので、隅々まで知っているわけではなかったが、暗闇でも、自分が行くべき場所は覚えていた。

天井が高いパラシュート整備棟を兼ねる巨大倉庫で、少佐は、自分のパラシュートを天井から吊るし、装備をテーブル上に広げた。

そして、客人が現れるのを待った。話を聞いたときにはクレイジーだと思った。

自身、飛行クラブの世話人として、そういう提案が時々あることは知っていたが、リスクと、その効果を考えれば、ヘリを使って小まめに消火剤や水を撒いた方がまだましな気がした。消火活動は、安全確保が最優先だ。

そもそも、山火事が広がる前に発見するというのが難しい。乾燥し、それなりの風があれば、いったん火が点いた山はあっという間に燃え広がる。それこそ油を撒いたみたいに。

そういう所に落下傘で降下を試みること自体が危険だ。最悪の場合、その焼け広がる火災現場のど真ん中に降下する羽目になる。

話を聞いて最初の三十分、馬鹿げていると思った。風を読み違えたり、操縦に失敗して山岳地帯に不時着することはたまにあるが、気持ちが良いものではない。斜面の角度によっては、そのまま高価なキャノピーをボロボロに引き裂きながら、滑落する羽目になる。

この作戦に少しでも成功の可能性があるとしたら、発火した時点でいち早く発見し、間髪を入れずにそこに飛行機で突っ込み、ただちに、理想的なポイントに降下することだ。もちろん、それが出来れば苦労は無い……。

しばらくすると、民間航空パトロール（CAP）のパイロット、ジェシカ・R・バラード元空軍大尉が飛行服姿で現れた。

「すまないね。たぶん、寝ていたよね？」

「ええ。明日の朝一でのフライトが入っていたので、もう寝てました。ポートランドのダグとも話したけれど、正気とは思えないわ？　誰の発案です？」

「コスポーザ少佐だ」

「ああ。でもあの消防士さん、そういうやり方は上手く行かないと以前言ってたように覚えているけれど」

「状況が変わったというか、そこまで切羽詰まっていることは事実だ。それが必ず起こって、たぶん一カ所では済まないとなれば、全部は無理でも、数カ所、時間稼ぎは出来るかも知れない」

「陸軍がヘリをほんの二機も出して、専門の消防士を送り届ければ済む話じゃない？」

「噂だが、飛行禁止命令が出ているらしい。明日の大陪審に備えて、軍の一部が突飛な行動に出ることを阻止するために、人員輸送可能なヘリの運用は極力控えよとの命令は実際にあったらしい」

「何それ……。そこまでやることなのかしら」

「どのくらいで飛べる？」

「一時間もあれば飛べるわよ。ダグの機体は、ポートランドからだけど、二時間もあれば、ここに降りられるそうよ。それより、決まった場所に降りるのって、昼間でも競技会レベルの技術が必要よね。どこかの野球場に降りるのとはわけが違う。彼ら、その手の精密着陸技術とか持っているの？」

「競技会レベルの技術は無理だろう。軍隊でそういうことを教えるのは特殊部隊だけだ。空挺ではやらない」

「土を被せると言ったって、畑じゃないんだから、実際は、アスファルト並に硬い地面を削るんでしょう。足場が悪い中で。難易度が高すぎるわ」


カルロス・コスポーザ少佐が、クワや鉈、ノコギリを満載した消防車を連れて現れた。

コスポーザ少佐も、スカイダイビングの経験はあった。やりこむというほどではなかったが、普段、ＣＡＰのパイロットとしてバラード大尉とも交流はあった。

「カルロス、これは勝算のある話なのかしら？　陽が昇る前から、気流が不安定な山岳地帯を飛ぶというのは、それなりにリスキーなフライトになるけれど」

「疑問はごもっともだ。私は、放火捜査官として、放火犯の立場で考える。これが組織的な放火だとしたら、ただ闇雲に歩き回って火を点けたりはしない。彼らは事前に、学者らに相談し、確実に大火にするためのアドバイスを貰っていることだろう。つまり絶対確実に山火事が拡大するよう放火するはずだ。われわれが総力を挙げても止められない大火だ。恐らく、十カ所以上で同時に火の手が上がる。そうなることを阻止するために、何カ所かの火事を確実に消す。全部を消せるなんて思っていない。延焼の鎖が繋がることを阻止できれば、それで良い。

今、ナショナル・パークの協力も得て、無視して良い場所を何カ所か選んでいる。ほとんど植生がなく、そもそも火を点けられない場所や、風向きからして、延焼の恐れがない場所。残った場所――、それだけでも相当な広さになるが、そのエリア内で早期発見が出来て、降下できる場所にのみ降りてもらうことになる。降りられるかどうかの判断は、マイキーに任せるよ」

「そうさせてもらう。私は安全第一だ。自分の仕事を汚すようなことはしないぞ」

「たとえそれをやるべきだとしても――」

「やるべきだ！　下手をすると、面積にしてワシントン州の半分が焼け野原になる。何ヶ月も煤煙が空を覆い、甚大な健康被害と経済への打撃をもたらすし、表土が失われ、夏場は洪水が多発することになる。保水力も落ちて、植生の回復には何十年も掛かる」

「それって、戦争行為じゃない？」

「まさにそうだと思うね。ロシアにしてみれば、その程度の謀略は仕掛けてくるだろう。あっちは、アメリカ製の武器弾薬で、兵隊が殺されたんだから。わが国政府がこの事態を正しく理解してくれれば良いが……」

準備室幕僚の権田洋司二佐に率いられた三〇名の元空挺隊員が軍用トラックに乗ってやって来た。

コスポーザ少佐が、二人の元軍人を紹介し、ベローチェ少佐が口を開いた。

「バラード大尉は、空軍の元戦闘機乗り。Ｆ‐16乗りだ。今は、デ・ハビランド・カナダのＤＨＣ

－６〝ツイン・オッター〟のパイロットで、遊覧飛行から物資輸送、スカイダイビングまで何でもこなす。私は陸軍にいたが、曲技パラシュート部隊の〝ゴールデン・ナイツ〟にいたこともある。横田で二度、習志野でも一度君たちと一緒に飛んだことがある。自衛隊の落下傘も使ったことがある。あれは悪く無い。軍を退いた今は、この周辺のスカイダイビング・クラブを回って安全指導の講師をしている。それで中佐、これは全員志願と考えてよろしいのですね？」

「部隊としては、志願も命令も一緒ですよ。ただ、拒否した者はいなかったとだけ報告する」

　権田二佐が、問題無いと答えた。

「この勇敢な志願に感謝します。ツイン・オッター二機で飛びます。一機はいつもここに駐めてある。皆さんも、時々、下から見上げていたと思うが、この時期、山火事監視で飛んでました。ジェシカは、ＣＡＰ、シビル・エア・パトロールのメンバーです。民間団体ということになっているが、本部は軍事基地の中にあって、準軍事組織だな。もう一機は、装備を搭載して、ポートランドからこちらへ飛んで来る。ほんの二〇〇キロだ。

　それで、私ももちろん一緒に飛ぶので、私が安全だと判断しない限り、降下はしない。パラシュートは、新しすぎず、古くもない、極めて標準的なラムエア・パラシュートだ。操作も、特別な所は何もない。沈降率もアベレージ。ただし、いつもの空挺兵よりだいぶ軽い装備で降りることになるので、その時の沈降率は計算しなおす必要がある。予備傘は、米陸軍標準モデル。つまり君たちが使っているものと同じ。操縦方法もまったく同じ。ピンポイントで降りるため、低高度開傘となる。注意が必要なのは、スカイダイビングでは、強制開傘はやらない。そういう装置を付けられなくもないが、それで飛び出すと、尾翼に叩かれたりする。必ず、リップコードを引いてもらう。高度が低いので、自動開傘装置(AAD)も使えない。何度もイメージ・トレーニングしてもらうぞ。

　発火場所を発見し、ワンパス、その時にレッドスモークを投じて風向きを見て、次に戻ってきた時にはジャンプだ。神業的な判断が求められる。もし上手く降下できたら、上空から監視しつつ、無線で作業指示が与えられる。降下手順に関しては、私が作ったチェックリストに従ってもらう。以前、空挺団のそれを見せてもらったが、あれもよく考えられている」

「われわれは精密着陸の訓練はしてないわけですが？……」

「承知しています。まずは安全に着陸すること。それが大前提です。炎の真上に着陸するはめになるほど延焼が拡大しているなら、降下はそもそも行わずに諦めます。その判断は、降下指揮官として私がする。リスク評価が中止条件に達したら諦める。無茶はしません。降ろせるのは二機で二回、もしくは本当に小さい内に発見できるようなら少人数で三、四回。だがそれは望み薄だ」

「二カ所だけでも、チェーンを分断できれば、作戦としては成功だ。少なくとも、時間稼ぎは出来る」

　とコスポーザ少佐が口を挟んだ。

「発言してよろしいですか？」

　と榊真之介一尉が右手を挙げた。

「消火は大事だとしても、武装した六人組を追うことの方が重要ではありませんか？」

「もっともな質問だ。彼らは恐らく、一時的に山を降りて付近に潜伏しているものと思われる。だが、治安維持に軍隊はおいそれとは動かせないし、ドローンは、敵と味方を区別してくれない。この広大な地域で、法執行機関の人手は限られる。引き続き捜索はするが、基本的には、それはＦＢＩに託すことになる。だからわれわれは、延焼の防止に全力を尽くす」

「了解であります」

装備を確認していると、倉庫の外で、着陸する双発機のエンジン音が聞こえてきた。スキャン・イーグルと、ツイン・オッター二機の肉眼で見張れば、暗い内の炎ならそこそこ見える。

六人組が歩いただろうトレイルのルートはだいたいわかっていたので、そのルート上を見張れば良いのだ。幅一〇〇キロもあるわけではない。

問題となるのは、初めて操縦するパラシュートと天気。幸い今夜は星空。月も出ている。山の風は難しいが、気象班の予報では、飛行の障害になるような突風が吹く気配はなかった。

結局、榊らは、その夜の晩飯を食い損ねたまま、山火事消火の基本的な技術に関して短い講義を受け、装具を身につけてイメージ・トレーニングに励んだ後、チェックリストが印刷されたプレートを一人一人手渡されてツイン・オッターに乗り込むことになった。

空挺団時代の降下を思えば、装備は軽い。円匙と、クワ。ゴーグルに、工業用のマスク。いざ遭難時にも備えて、一〇リットルのポリタンクのみだ。空挺兵士として背負って飛び降りる時の重量の半分もない。

だが、難易度は、それとは比較にもならない。座席を取っ払ったツイン・オッターは、申し訳程度の暖房は入っていたが、与圧はなかった。皆、床に座り、腰のベルトにシートベルト代わりの短いベルトをカラビナで止め、真っ暗闇の外界を監視した。

その火災は、明け方近くに発生した。同時多発発火だった。南北一〇〇キロにわたり、ほぼ同時に火の手が上がった。灯油か何かの燃焼促進剤をタイマーで起爆し、飛び散った火花は一定時間燃えて枯れ枝や枯れ草に延焼させる。

その一二カ所は、全てコスポーザ少佐が想定した範囲内に収まっていた。

少佐は第1中隊の指揮所で、マーキングされた発火場所を睨み、等高線が入った地図と照らし合わせた。降下できる場所と、消火が可能な場所を重ね合わせる必要がある。

「南からいくぞ。S3は捨てる。奴ら知らなかったんだろうが、先週崩落があって、結構な面積の植生が失われた。自然の防火帯が出来ている。この風では延焼はない。S2、延焼方向に登山道があって、道路からのアクセスが可能だ。そこでぎりぎり止められるだろう。S1、ここはちょっとペンディングするか。消せるかどうか微妙だし、斜面も急角度だ。

E4、無視していい。S1とE3と繋がるだけだし、ここへの降下は無理だ。E2、E1、ここは消したい所だな。ペンディング案件……。N5、N4。ここも連中が衛星写真で検討しただろう頃とは植生が変化している。延焼はするが時間が掛かるだろう。N3、N2は繋がるとやっかいだが……」

「N1、延焼速度が速いみたいですが……」とパラトク捜査官が口を挟んだ。

「ここは狭い渓谷地帯で降下は無理だが、手は打ってある。登山道の真下なので、消防隊を登らせた。私なら、ここは絶対に火を点ける！　すると、S1、E2、E1か……。三カ所は無理だし」

「S1は捨てましょう」とパラトク捜査官が提案した。

「なぜ？」

「高度があります。それだけ酸素が薄いということです。海抜が低い土地ほどの大火にはならないでしょう」

「なるほど。それに賭けるとしよう。では、E2、E1か。君ならどうする？」

「全戦力をE1に懸けます。一カ所に絞って、確実に消すべきです。もし成功すれば、E2はE1の尾根伝いに降りるだけです。そちらも対処できるかも知れない」

「あの斜面は降下は無理だぞ。それにあっという間に上昇気流が発生してキャノピーが流される」

「少佐、兵員の損失を考えても、一カ所に絞るべきです……」

　パラトク捜査官は、そこだけ、自衛官に聴き取れないよう、早口の小声で言った。

「そうだな……、半数も無事に降りられれば良い方か……」

　コスポーザ少佐は、無線でベローチェ少佐を呼び、E1へ向かうよう要請した。

　だが、答えは素っ気なかった。即答だった。降りられるような場所ではないから、他を指示しろと。

　部隊所有の公用携帯が鳴り、権田が出てメモを走らせた。

「……コスポーザ少佐。本国からの伝達です。特殊作戦群でも、スキャン・イーグルの映像をモニターしている。尾根を越えた北側斜面は、低い灌木樹林帯で、降下に適している。降下後、ほんの一〇〇メートル高度を上げて尾根越えすれば、現場に辿り着けると言っていますが……」

「高度差一〇〇メートルの尾根越え？」

「はい。高度はたいして問題ではありません。われわれは皆鍛えていますから、一〇分も掛からないでしょう。緩やかな登りだから安全だし」

「だが、その一〇分の間に、確実に火は大きくなる」

「それは仕方無いですね。部隊を集中することで、対処するしかない」

再びベローチェ少佐を呼び出す。しばらく間があった後、「そこへの降下は出来るが、消火の時間があるかどうかは怪しいぞ？」

と言ってきた。

「降りてくれ！　もう他所への降下を検討しても時間の無駄だ――」

ベローチェ少佐は、一番機を先行させてレッド・スモークを投げさせた。赤い煙を引きながら、スモークが地面へと落下していく。まだ日の出の時間では無いが、東の水平線は薄らと明るくなっている。炎も反射していた。

地面が見えるとはとても言い難いが、なんとなく、地表がどこにあるかはわかる。

少佐はハッチから身を乗り出してスモークの行方を追いながら、チッ！　と舌打ちした。真っ直ぐ伸びていたスモークが、途中で激しくぶれた。すでに上昇気流が発生しているのだ。だが、ここまで来て撤退は出来なかった。この放火はあまりにも良く練られている。ほんの十日で、ワシントン州の山々は灰燼と化し、その炎はレーニア山の麓を焼き尽くして大都市シアトルも襲うだろう。

選択の余地は無かった。自分は降下指揮官として、自らに課したレギュレーションをいくつ無視しているだろうと思った。だが、上昇気流に関する警告は何度か行った。彼らが記憶し、対処してくれれば良いが……。

少佐は二番機に対して、「降下に支障ナシ、ただし若干の上昇気流あり！」と報告した。

一番機が旋回している間、榊大尉の耳元で、「上昇気流に気を付けろ！」と怒鳴った。

少佐を先頭にして側面のハッチから飛び降りる。炎がだいぶ大きくなっているせいで、稜線だけははっきりと視認できた。

だが着地エリアは依然として暗い。キャノピーが十分開いてコントロールを確保すると、ベローチェ少佐が、LEDライトを地面に投げた。

榊は、それを目指してキャノピーを操ろうとしたが、地上に落ちたLEDライトを視線で追ってぞっとした。稜線下の斜面をライトがころころ転がっていた。

なんでこんな急斜面に降下できると考えたんだ！

着陸寸前に強い、しかも暖かい上昇気流に叩かれた。キャノピーが大きく歪んでコースがずれた。

山火事と反対側に降りるつもりが、最後に山火事側の斜面へと流された。火事のまっただ中に転がりそうになったが、ここでも上昇気流に救われた。斜面を這い上る強い上昇気流に煽られて、身体がずるずると稜線へと引っ張られる。

キャノピーを畳もうとしたが腕が伸ばせなかった。とうとう、ふわりと身体が浮き上がる。だが、次の瞬間、何かが上から落ちてきてキャノピーを潰した。

再び斜面に叩きつけられたが、そこでどうにか動きは止まった。上から落ちてきたのは、工藤曹長だった。

「小隊長！　大丈夫ですか？」

「ああ。どうなるかと思ったが、助かった」

白煙が火勢のほとんどを隠しているが、時々、大きな炎が見える。まるで、ちろちろと赤い舌先を伸ばしているようだ。ゴー！　といううなり声を発しながら竜巻も起こり、とぐろを巻く炎が一〇メートル近くも伸びていた。

火災の両翼はすでに二〇〇メートル近い。灌木地帯だ。所々、這い松のような木が生えていて、枯れた下生えが火元となってどんどん延焼している。


榊一尉は、パラシュートを畳みながら、呆然とその様子を見下ろした。マチェットを右手に持ったベローチェ少佐が駆け寄ってくる。

「どうした？　チアガールがポンポンでも振って歓迎してくれるとでも思ったか？」

「いえ。ただ、こういう状況は……」

そもそも火災現場なんて見たこともない。

「さあ行くぞ！　立ち木を伐り、地面を掘り返して防火帯を作れ！」

二番機が突っ込んできて、残りの一五名が降りて来る。

「焼け石に水って、英語で何て言うんだろうな。曹長は、全員無事に降りたかを数えてくれ」

「了解。ひとまず、降りた人間の数をカウントします。この視界ではそれが限界です」

どうかすると、ずるずる滑って火炎の中まで突っ込みそうなほどの角度がある斜面だ。

ベローチェ少佐は、マチェットをふるって地面の枝を払い始めた。時々、煙に巻かれそうになる。

そうか……、山火事と闘うアメリカの消防士は、こんな危険なことをやってバタバタと命を落とすのか、と榊はようやく納得できた。

全員、横一列に散開して防火帯作りに取りかかる。しばらくして工藤が戻ってきた。

「下でまごついている連中はいますが、三〇名全員降りています」

「曹長は、稜線上に立って、われわれを見張ってくれ。滑落したり、煙に巻かれて倒れても、隣の人間ですら気づけないぞ。見張りが必要だ。この白煙では、ドローンのカメラも役には立たないだろう。危険と判断したら、早めに警告してくれ！」

火炎も凄まじいが、枝が爆ぜるパチパチという音や、ものが燃えるじりじりという音も凄まじかった。そして時々突風に襲われ、伸ばした腕の先も白い煙で見えなくなる。当然呼吸も止まる。

自分の周囲のみ、ほんの二メートル四方だけでも、地面の露出に成功すると、なんとか行けそうな気もしてきたが、その隙にも火炎は舐めるように這うように斜面を登ってくる。

火の粉が上昇気流に煽られて頭上を飛び越えて行く。この作業は果たして実を結ぶのか？　と疑問さえ抱いてしまう。

やがて、熱波に耐えきれなくなり、ベローチェ少佐が退却を指示した。

「上がれ上がれ！　稜線近くで、土くれを掘って上から投げ落とせ！　水代わりになる」

だが案の定、土は硬い。この過酷な環境下でこの斜面に留まった土だ。ほんの僅かしか削れない。掘るなんて絶対に無理だった。それでも、クワを打ち込み、円匙をブーツで押し込み、少しずつ土を掘り返す。そうすることで、細いながらもそこに防火帯も出来る。

火が点いた下部がだいたい燃え尽き、火炎が僅かに弱まったような気がしてきた。榊は、一瞬空を見上げた。空が少し青っぽく見える。上空を旋回するツイン・オッターは、すでに朝陽を浴びて翼が黄金色に輝いていた。

三〇分以上格闘して、どうにか押さえ込んだ感じがした。火炎は収まり、あちこち白煙は上がってはいるが、その火事は、防火帯を超えることはなかった。

ここを早めに押さえ込んで隣へと移動することは出来なかったが、ひとまずここは押さえ込んだ。

衛星携帯で、ベローチェ少佐が、コスポーザ少佐としばらく話し込んでいる間、榊は隊員の状況を一人一人確認した。

皆酷い状況だった。顔はドーランと煤が混じって眼だけがぎらついている。火傷した者もいれば、戦闘服を焦がしたものもいる。半数以上がそうだった。バディを組んだ隊員同士で、火傷や怪我を確認して応急手当させる。幸い、衛生隊員が必要なほどの重症者はいなかった。

「みんな水を飲め！　水を——」

ベローチェ少佐が、榊に声を掛けた。

「大尉。ここでの任務は八割方成功だ。引き続き監視する必要はあるが。よくやったとお褒めの言葉を貰ったぞ。消防士でもこんなに上手くはいかないそうだ。で、休憩中申し訳無いが、この尾根を下ったE2現場へと移動する。ここに一〇名残して、引き続き残り火の警戒。残り二〇名は、尾根を下って隣の現場に移動だ」

榊一尉は、「了解です」と応じた。

「曹長。体力的にきつそうな面子一〇名を選抜、分隊長を任命してここに残してくれ。われわれ本隊は、次の現場へと向かう」

それを聞いていた隊員らが「まじか……」と呻いた。

「どうした。ピクニックに来たわけじゃないぞ！　ここは押さえ込んだ。次に移動する」

「飯が食いたいや……」

「ああ、俺もだ！　食い物をパラシュートで落としてもらえるよう頼もう。さあみんな腰を上げろ。仕事だぞ！」

誰かが「見ろ！」と西の方角を指し示した。白く雪を頂くレーニア山の山頂を朝陽が染めていく。その景色は、まさしく富士山だった。

落下傘部隊は、その後二時間掛けて格闘し、ここでも山火事を押さえ込んだ。防火帯を作り、じわじわと火炎を包囲して黙らせた。

その作業が終わる頃、食い物を運んできた飛行機が現れた。てっきりツイン・オッターが飛んで来るのだろうと思っていたら、それは大型の軍用機だった。

わざわざ日本から飛んで来た航空自衛隊のC‐2輸送機が、真正面から陽光を浴びて向かってくる。後部ハッチが開き、上空から朝飯代わりの物資をパラシュートで投下してくれた。日の丸を付けた輸送機が翼を左右に振って去っていく。

きっとこのままヤキマに着陸するのだろう。

コンテナの中に入っていたのは、普通の、演習場でいつも食べているミリ飯だった。

「何だよ……、うな重とか寿司じゃねえのかよ！」

と皆でぼやいた。榊一尉は、稜線の上で腰を下ろし、ベローチチェ少佐にそのミリ飯の食べ方を教えながら、皆と車座になって食事した。昨日の昼飯以来の食事だった。

峰々が朝陽に染まっていく景色は絶景だったが、周囲では、何本も白い雲がたなびいている。その全てが消す者もいない山火事だった。

急造の小隊で、一人の犠牲者も出さずに任務を無事達成した満足感はあったが、果たしてこの努力は、延焼の阻止に効果があったのだろうか？とも思った。

中隊指揮所に詰めていたコスポーザ少佐は、国土安全保障省から掛かってきた電話で長い時間話し込んでいた。最後にはメモ帳を持ち、テントを出て、一〇分以上も話し込んでから戻ってきた。

国土安全保障省としての事情聴取だとのことだった。

戻ってくると、外務省の土門二等書記官が、「それで、この作戦は成功と言っていいんですよね？」と聞いた。

「もちろん！　もちろんだよ。何も手を打たなければ、今夕には、長さ百キロにも及ぶ延焼ラインが完成していた。そのラインから東西方向に延焼が広がることを阻止出来た。今、燃えている場所は、燃え続けても三日が限界だろう。やがて火種が尽きて鎮火する。全て、君たちのお陰だ。国土安全保障省にもそう報告したよ。君たちには、感謝の言葉しかない」

少佐は、土門にも、後藤にも深々と頭を下げた。彼がそんな態度に出るのは初めてのことだった。

「正直、二度とご免だぞ！　これはアメリカ人がやるべきことであって、いくら同盟国でも、われわれの任務ではない。これがどれだけクレイジーな任務だったか少しは反省してほしいものだ。あ、通訳の必要は無いからな、書記官」

後藤は憮然とした顔でぼやいた。

「はい。連隊長殿。部隊を預かる立場として、当然のご意見だと思います」

「たかが外務省の点数稼ぎのために、冗談じゃない！——」と吐き捨てた。

それから三〇分間、後藤はぶつぶつぼやき続けたが、やがて土門の衛星携帯に掛かってきた電話に、直立不動の姿勢で出ていた。青ざめた顔で会話に応じ、電話を切ると、しばらく呆然とした顔で自分の頭を掻いた。

「……ええと。今の電話は、日本国総理大臣からだった。東京は今深夜のはずだが……。いや、俺ももちろん総理と話したことはないんだが、声は、テレビで見る総理大臣だった」

われわれの任務を讃えるお言葉を頂戴した。アメリカ大統領から直々官邸に、感謝を伝える電話がさっき掛かってきたそうだ。想定できる危険も顧みず、暗闇の中降下し、危険な消火活動に従事

219
219

してくれたことを感謝する。この危険な任務の成功によって、ワシントン州が禿げ山になるリスクを回避できた。ついては、勲章を授けたいので、その兵士たちは、帰国前にホワイトハウスに顔を出してくれ。ノーはナシだと――」

　土門がそれを通訳すると、コスポーザ少佐が満面の笑みで拍手し、皆に同調を求めた。

「素晴らしい、大佐！　貴方の勇敢な決断が、このアメリカを救ったのだ！」

　皆が、呆気にとられた顔でパラパラと拍手した。

「これって、正しい判断だったということだよな？」

　と後藤は皆に確認の同調を求めた。

「もちろんです隊長！　ことに挑んでは果敢に攻めよ！　がモットーの隊長の方針通りの素晴らしい作戦でありました！」

　と第1中隊長の鮫島二佐がより強く拍手した。

「えっと……、私は、別に反対とかしなかったよね？」

　と後藤は真顔で皆に尋ねた。

「はい！　一瞬たりとて、決してそのような弱気な姿勢は見せませんでした」

「別に、外務省の人気取りのためにとか、書記官殿がいない場で何度もぼやいてないよね？」

「無論です。誰もそのような失礼なことは。そもそも自衛隊は外務省より遥かに格下な存在。いくら相手が、若い二等書記官だからと、われわれ制服組ごときが、そんな失礼な態度を取ることなんて絶対にありえません！」

「書記官、というわけで、何か気分を害するようなやりとりがあったら、伏して謝罪するしかないが……」

「とんでもありません――」

　と土門は両手を腰の脇にぴたりと付けて、深々と一礼した。

「命を懸けて日米同盟のために貢献して下さったのです。外交官にはとても真似できないことです。どんな暴言を浴びても、私は水に流します。全て忘れました！」

「有り難う。これ、部隊の歴史に残るよね。何か作戦名を考えないと。歴史の検証に耐えうるような、ちょっと重厚であり、今風というか、格好いい作戦名をな。何かないかな」

「ヤキマ作戦でよろしいのではないですか？」

と土門が提案した。

「シンプルだし、この現場の地名だし、将来、いろいろ説明しなくとも、あのヤキマでの一件か、と理解してもらえます。そんなに格好良いわけではないですが」

「あ、いいね！　それ。ヤキマ作戦で行こう――。現場の榊君に連絡して、証拠写真も一杯撮って降りてくるようにと！」

ヤキマに着陸した二機のＣ‐２輸送機から大量の物資が降ろされ、ひとまず必要不可欠な無線機やドローン、防寒着が中隊指揮所へと届けられた。

ヤキマの街も基地も朝焼けを迎えていたが、山火事自体はまだ続いていた。だが、延焼を防ぐための時間を稼いだことは大きかった。


テキサス州スウィートウォーター――。

住宅街を少し出て、携帯の電波が切れる寸前、全ＦＢＩ捜査官に、緊急の一斉メールが回ってきた。ロシアの民間軍事会社が、全米に部隊展開し、意図的な放火を繰り返している。彼らはアサルト・ライフルで武装し、発砲も厭わないため、対応には細心の注意を払え――、との警報だった。

ホンダ・オデッセイの助手席に乗るニック・ジ

ャレットFBI捜査官は、見渡す限り畑のど真ん中で、一本の大木を見付けると、「あの下でしばらく涼もう！」とハンドルを握るヘンリー・アライ刑事に命じた。

　後部座席には、ルーシー・チャン捜査官が乗っている。最初は、ルーシーはシートの真ん中に座っていたが、今は、運転席の真後ろに座ってシートベルトも締めていた。そうでないと、車は助手席側に傾いてしまうのだ。二人分の体重でないと、ジャレット一人に敵わなかった。

「でかいな、あの木――」

「ライブ・オークですね。この辺りでもかなり形が整っているライブ・オークです。普通は、あんなに綺麗な一本の樹には育たないですから。地元では、〝恋人の樹（ラヴ・オーク）〟と呼ばれています。時々、若者たちが、あの樹の下に車やバイクを止めて語らっている。鑑識の連中が言うには、あの大木の樹皮は、たぶん何千人分ものいろんな体液を吸っているという話です」

「そりゃ良いね」

　とジャレットが笑った。

　車をその大木の木陰に止める。高さは二〇メートル近いだろうか。全周に育った枝も、幹の高さくらいの直径がある。繁った枝の下に、戸建てが建ちそうだった。

　エンジンを止め、ドアを開け放って降りる。ジャレットは、分厚い捜査資料を持って、かつてそうしていたように、太く這った根に腰を下ろして資料を開いた。

　ラジオが、速報を繰り返していた。

「最近は、ラジオがない車も売っているんだろう？」

「そうですね。ラジオをオプションにした自家用車は結構ありますね」

汗がどっと噴き出すが、木陰は、その外の日差しがある場所より明らかに涼しかった。

大陪審判決は、東部のスウィング・ステートから出始めていた。ラジオがそれを速報として繰り返している。

「まずは、ペンシルバニアとノースカロライナでツー・ダウンか。でも、どちらかと言えば南部のノースカロライナはともかく、なんでニューヨークの隣のペンシルバニア州がスウィング・ステートなんだ？　あんな所は、ブルーステート、ちょっとお高く止まった意識高い系の民主党の牙城じゃないのか？」

「ゲリマンダーのせいでしょう。ここテキサスだって、実はスウィング・ステートらしいですよ。前回はそれなりの差で共和党が持っていきましたが、もう共和党の牙城ではないそうで。ゲリマンダーで、双方が、少しずつ支配エリアを削っていくんです。負けた側は、四年後の勝利を目指して選挙区の区割りを自分の側に有利に書き換えようとする。勝った側は、慢心して警戒が疎かになる」

とチャンが解説した。

「私は共和党員だが、選挙結果くらい大人しく受け入れれば良いじゃないか。それが民主主義の大原則だ。この国は病んでいるが、選挙制度に至っては、もうとっくに死んでいるぞ。あと何カ所で判決が出ればひっくり返るんだ？」

「その計算は難しいみたいです。大統領選挙人の数で決まるので」

チャンは、タオル地のハンカチで、首筋の汗を拭った。

「ルーシー、座ったらどうだ？」

「いえ、遠慮しておきます。虫とか、たとえば、東部にはいない危険な蟻やダニとかがですね……」

「アライ家は、代々民主党だそうだね？」

「ええ、チャン捜査官も似たようなものだと思いますが、われわれのルーツは、だいたいカリフォルニアに上陸して、そこで民主主義というか、民主党の洗礼を受ける。そのせいですね」

「ちょっと、微妙に政治的な話題ですよね？」

とチャンが注意を促した。

「嫌かね？　じゃあ話題を変えよう。君ら、良い歳だが、恋人の話題とか出ないね。プライベートな電話をしているようにも見えないし」

チャン捜査官が、プライバシーな話題は、政治の話よりもっと拙いだろうが？　という顔でしばらく無視した。

「僕はまあ、しばらく親父の面倒を見なきゃならないので……」

「そんなのは理由にならん。孫の顔をさっさと見せてやれよ。で、ルーシーは？」

「こういう話題って、あれですよね」

「いやか？　われわれは今、一時的とは言え、コンビを組んでいる。敵と撃ち合いになった時、当然、私は上司というか上官だし、とっくに家庭は破綻し、離婚も繰り返して別に悲しむ者もいないから、君の盾になって弾を受けよう。だがもし、部下の君にちゃんと恋人がいて、彼女の幸せな未来を守って、家庭を築かせなきゃならない、という動機づけがあれば、決断して飛び出すタイミングが、さらに一瞬早まるかもしれないぞ？」

「それは有り難いお話です！　今は一人です。仕事を覚えることに精一杯です。私からは以上です――」

「有り難う。だが忙しいというのも理由にはならないな。人生には支えが必要だ。特に若者にはな。自分に降りかかる全てを一人で解決できるなんて思うな。でも言っておくが、遠距離恋愛は失敗するぞ。過去に、ＦＢＩ捜査官と地方警察官の結婚を何人か見たが、全部失敗した。五年と持たなかったな」

「ニック、それ以上言うと、彼女、政府職員の苦情申し立て機関に駆け込みますよ」

　アライ刑事が止めた。

「時代の流れとは言え、窮屈な時代になったもんだ。ところで、視界の中に、数十基の風車が見えるが、あれは全部、風力発電なのか？　テキサスは石油が湧き出る土地なのに」

「流行のＥＳＧ投資という奴です。石油で儲けた金を自然エネルギーに投資して、事業費の補助を受け、おまけに節税にもなる。ここは、水があまり豊富ではないので、巨大なプランテーションは向かないんです。郡にも多少の税収にはなる。ただ、時々、風車の低周波音が気になると苦情を言ってくる住民はいますね」

　助手席の警察無線がアライ刑事に呼びかけてきた。連絡は短く、明瞭だった。

「乗って下さい！　アビリーンの解体工事現場で、新しい遺体が出たそうです。実際には古い遺体でしょうが……」

「何だって！――」

　ジャレット捜査官は、起き上がろうとして、驚きの余り一瞬よろめいた。

　アライは、エアコンを点けると、彼の愛車にのみ装備されたヘッドランプと後部ブレーキ・ランプのモードを切り替えた。それで赤色灯の点滅に切り替わる。だが、サイレンは鳴らさずに速度を上げて走った。

　アビリーンの事件現場まで、三〇分で走り切った。ハイスクールの体育館解体工事現場だった。建築から五〇年が経過し、施設が古くなったのと、学校の卒業生で成功した寄付者が出たので、その寄付者の名前を冠した新しい体育館を建設するとのことだった。

　急遽、呼び出されたトシロー・アライ元警部と、息子のオデッセイが到着したのはほぼ同じタイミングだった。

　ようやく、黄色いテープの規制線が張られる所だった。すでに、オリバー・ハッカネン検死医が到着していた。

　コンクリを破壊する巨大な破砕機のドリル状の刃が、床に刺さったままの状態で止まっていた。

　ハッカネンが鑑識をいったん遠ざけて手招きした。これまでは座位姿勢で発見された死体だが、ここでは、床にくの字になり横向きに寝かされていた。

「コンクリのせいで、遺体は屍蠟化している。皮膚の色も、表情もまだ残っている。黒人女性。身長は、五フィート四インチ前後だろうな」

「黒人被害者は初めてだ。しかも服を着たまま……」

　ジャレットは、半身だけ掘り出された遺体をルーペで注意深く覗き込んだ。

「ビニール袋を使っていないね」

「手首を見ろ！　ニック。紐じゃないぞ」

　とトシローが告げた。

「ああ、これはただのダクトテープだな。死後どのくらい？」

　とハッカネン医師に聞いた。

「屍蠟の遺体は判断が難しい。現状では、建設時の頃の殺人だろうとしか」

「驚いたな、何もかもが驚きだ！」

　ジャレットは、いったん現場から離れて、規制線まで下がった。

「何が驚きなのですか？」

とチャン捜査官が聞いた。

「いいか、これは建設時の一九七〇年頃の犯行で、雑だ！　極めて雑な処理だ。獲物を梱包するビニール袋を使っていないし、服もたぶん犯行時のまま。黒人の被害者も初めて。つまり、その頃はまだターゲットの人種も絞り込めていないということだ。そして何より、あの祈りのポーズ。祈りのポーズを取らせてはいるが、縛っているのはただのダクトテープ。これは、われわれがシリアル・キラーの学習期と呼ぶ極めて初期の犯行だ。犯人が試行錯誤している頃の犯行で、とにかく雑なのだ」

トシローが引き揚げて来る。

「トシロー、意見は？」とジャレットが聞いた。

「ああ、これはお宝だな。われわれにとって。明らかに初期の犯行で、犯人はたぶん、山のようなミスを犯したはずだ。それと、被害者はたぶん売春婦だな」

「同意する。黒人の売春婦の他殺体が警察署の前に転がっていても、捜査はどうせおざなりにされる。捜索願が当時出されたかどうかも疑わしいな。身元の特定には時間が掛かるだろう」

「これは故意だと思うか？　それとも偶然？」とトシローが尋ねた。

「買売春は、もともと同じ人種相手の傾向が強い。売る側は滅多に人種は選べないがな。これが最初の犯行なら、偶然の可能性はあるが、私は違うと思うね。犯人は、いざ殺人に失敗して逃げられても、警察には駆け込まないだろう売春婦を選び、更に、殺人が発覚しても、たいした捜査が行われないだろう黒人を狙ったと思う」

「少し変だ……」

と息子が疑問を唱えた。

「これは、リフォーム・ハウス・キラーですよね？

でもここはリフォーム現場じゃない。こんな大きな工事現場でコンクリを流し込むとなると、コンクリ・ミキサー車の操作を知っている必要があるし、一人で出来ますか？　翌朝、現場監督が現れたら、自分が指示していないブロックになぜかコンクリが流し込まれているという事実にも気付くでしょう」

「ああ、だから、犯人は、こういう大きな工事現場でも働いた経験があるということになる。犯人に関する新たな知見がひとつ加わった」

「なぜこんな面倒な隠し方を？　路上に放置しても構わないのに。事件は発覚するだろうが、どうせ捕まることはない」

「殺した後に怖くなったか、被害者の近くにいる誰かを含めて面識があり、死体となって発見されることは避けたかったか」

「これは公共事業だ。下請けを含めて、請け負った業者名の記録は役場に残っているだろう。まずはそこから洗え」

　トシローが息子に命じた。

「犯人の本拠地はここだと思いますか？」

「ああ！　それはどうかな」

　とジャレットはため息を漏らした。

「あの頃は、ダラスにより強い土地勘があるのだろうと思っていた。だが、ここでより古い死体が出たとなると、アビリーン出身だった可能性は出てくるだろうな。ダラスで殺した遺体を、わざわざここまで持って来る理由がないから。アビリーンでの二件目の遺体だが、こっちの方が一〇年は古い」

　ハッカネン医師が「ニック！――」と手招きした。

　ジャレットがもう一度遺体に近付くと、ハッカネン医師は、マスクを差し出し、地面に這うような姿勢で、干からびた右手の指先を指し示した。

「何か、変色している部分があるように見えないか？」

　ジャレットは、またルーペを取り出し、食い入るようにそこを観察した。

「ああ、爪の隙間だな。抵抗して犯人の皮膚を引っ掻いたか？　血液型と、せいぜい指紋しかない時代の犯行だ。そこからＤＮＡ情報が採取されるなんていう知識は、犯罪者の誰ももたなかった」

「慎重に進めよう。ダラスのＣＳＩ本部の応援を仰ぐ。ＲＨＫだと思うか？」

「疑う理由はない。ＲＨＫの手口は、この犯行の後に洗練されたんだろう」

　チャン捜査官は、ジャレットから預けられた分厚いファイルを持ったまま、滴り落ちる汗と戦っていた。

「お嬢さん、エアコンが効いた車に戻るとか、せめて日影に入るとかしたらどうだい？」

　とトシローが心配そうに言った。

「銃を携帯しているＦＢＩ捜査官ですから、照りつける日差しから逃げるわけにはいきません！　同じアジア人なのに、どうしてお二人は平気なんですか？」

「ま、別に平気ではないが、慣れたと言えば慣れた。カリフォルニアの冬は、そんなに暖かくもないからな」

「私はシカゴの出身なんです。まだ凍え死ぬような真冬のシカゴの方がましだわ」

「君は、ニックがいないとプライベートな話もするんだな」

「だって、われわれは同じマイノリティでしょう。助け合わないと」

「中国系と？」

「大陸とは縁がありません！　日本人の血だって

入っている。それに、そもそも凄腕のプロファイラーに、個人情報なんてただの一つも渡したくないです。彼ら、マイカーのキーホルダー一つで性格分析して、一時間も無駄話するような連中ですよ」

ジャレットがトシローを呼んで、その場はヘンリーと二人きりになった。

「連続殺人事件を扱ったことは?」とチャンはアライ刑事に聞いた。

「初めて。たぶんこの後も一生ないと思うね。この辺りでも殺人は起こるが、少なくとも犯人がわからないようなミステリーじみた殺人事件はまず起きない。チャン捜査官は?」

「もちろん初めてよ。FBIも最近は対テロがメインで、あるいは対中国。中国絡みの事件が起こる度に、声が掛かるのよ。この文字が読めるか?って。生まれも育ちもアメリカ人の私に読めるわけがないのに。貴方は純粋な日系で羨ましいわ。誰も偏見は持たない。私は、セカンドネームが中国系というだけで、いつも、偏見の眼で見られる」

「でも、日本は最近、存在感がないからどうだろうね」

「昼ご飯は、またモルグで、ハンバーガーかしら……」

「検視官事務所の近くに、美味いリブステーキ屋がある。ここはテキサスだから、肉くらいまともなものを食べてもらわないと。親父が言っていた。ニックがそろそろ根を上げる頃だって。アメリカ人向きの、まともな食い物、つまり肉を食わせろと」

「あんな屍蠟化した遺体を見た直後に、肉なんて……」

「慣れたね。テキサスで一番怖いのは、銃をぶっ放すジャンキーだ。アメリカでも屈指の、銃取得にルーズな州だから。死体なんてどんなに損壊していようが何ともない。撃っちゃこないから」

　チャン捜査官は、拳銃携帯で飛行機に乗れた時には、ある種の特権意識も抱けたが、今はもうDCに帰りたくてうずうずしていた。こんな死ぬほど暑い土地で、朽ちかけた死体の相手をしているよりは、下っ端としてペーパー仕事を押しつけられている方がまだましな捜査官人生に思えていた。

第五章　大陪審

　国防総省（ペンタゴン）の自宅で、魔術師（ソーサラー）・ヴァイオレットのコードネームを持つM・Aは、壁際に置かれた50インチのテレビ・モニターで、CNNを見ていた。ニューヨークやここワシントンDCの群衆の模様を生中継していたが、何と言っても圧巻は、ワシントン記念塔があるナショナル・モールの空撮映像だった。

　数万人の民主共和両党支持者が集まり、市警側が設けたバリケードを挟んで睨み合っている。その距離は僅かに二〇メートルだった。睨み合うというより、罵り合うといった方が良い。

　騎馬警官が馬上から睨みを効かすが、効果があるようには思えなかった。

　もちろん、すでに議事堂前は、何重にもバリケードで囲まれて封鎖されている。催涙弾を持った警官隊が包囲していた。ホワイトハウス前と国防総省は、陸軍の装甲車両で守られていた。

　ウィスコンシンとミネソタの大陪審判決が出て、共和党支持派は勢いづいていた。次のアリゾナ州で判決が出れば、残りの州の判決を待たずに結果は確定する。

　現民主党大統領の当選は無効となり、共和党大統領が遅れて誕生することになる。

　ヴァイオレットのデスクに置かれたパソコンの

23インチ・モニターの中では、ドローンが撮影する森の中の様子が映っていた。

　明らかに重機関銃と思われる銃弾が雨あられと撃ち込まれ、急ごしらえの味方の防御陣地が沈黙していく。味方の反撃はほとんど無かった。

　エネルギー省ペンタゴン調整局調整官の肩書きを持つトミー・マックスウェル空軍大佐は、救援を求める州兵の最後の通信を再生し終えると、自分のタブレットを小脇に抱えてデスク前の椅子に座った。最後は、死を悟り、家族に愛していると伝えてくれ、と悲痛な言葉で終わっていた。

「彼らはこの三日間、あそこで無人の変電所を守っていた。山中の、携帯も通じない場所。一個分隊で。州軍はたぶんそれで十分だと思ったんだろう。ドローンの監視もあるし」

「あれは、リーパーか何かよね。ヘルファイアとか抱いてなかったの？」

「とりわけ今日は、武装した航空機のフライトは許されていなかった」

「われわれ政府が、軍を信頼できなくなったらどうなるのかしら。そのワシントン州で放火しまくったロシア兵と同じ集団だと思う？」

「いや。彼らは重機関銃は持っていなかった。あんな重たいものを潜入工作員が持ち歩くとは思えない。これは内国テロだ。議事堂に押し入れないとわかって、今度はソフト・ターゲットに変更したんだろう」

「ニューヨークから一五〇キロも離れていない森の中で、重機関銃を撃ちまくって、州兵を皆殺しにした連中がいる？　それもアメリカ国民が。この国はどうなっているのよ……。ワシントン州に潜入したロシア兵は、分隊規模だと判断して良いのね？」

「いや、ＦＢＩもＣＩＡも、もう少し多いのではとみている。たぶん小隊規模。バックアップ要員を含めて。何しろ、隠れる場所は山ほどある。カリフォルニアの山火事の原因の半分を、彼らの仕業だと想定すると、最低でもその数は必要だろうとATFも判断している」

「自衛隊のあの危険な作業は、本当に効果があったのかしら？」

「それは間違い無い。国土安全保障省は、あのカミカゼ消火がなければ、今頃は手の付けられないレベルに火が広がったと判断している。危機一髪だった」

「馬鹿げているわ。自国の兵士や消防士にすら求めないような危険な任務を同盟国の兵士に強いるなんて。これでは植民地扱いじゃない？」

秘書のレベッカ・カーソン海軍少佐が、開け放たれたドアをノックした。飛行服姿だった。

「大佐、大脱出（エクソダス）計画・レベル3が出ました。ヴァイオレットをお連れします」

「勘弁してよ。障がい者を扱（こ）き使いすぎよ？」

とヴァイオレットは露骨に嫌な顔をした。

「これはルールだ。それに、君の頭脳は守らなきゃならない。たとえ北米大陸が焦土と化した後でも。行ってくれ」

「いやよ。どうやってタラップを上るのよ？」

「それくらい歩け。何なら兵士に担がせるぞ」

「暫時、アンダーソン空軍基地への脱出用ヘリが飛びます」と少佐が説明を補った。

「貴方はどうするのよ？」

「私は軍人だ。ここが暴徒に攻め込まれるようなら、兵士たちとともに、銃を持って最後まで応戦する」

「ロシアは賢いわね。アメリカを内部から崩壊させようと目論み、成功しつつある。たぶん、中国もそれを後押ししている」

「たかが、山火事を起こし、送電網を寸断させ、発電所をサイバー攻撃するだけでか……。ネットワーク社会は恐ろしいね。これでどこが生き残ると思う？」

「カリフォルニアは、自然エネルギーも豊富なら、食料の自給率も高い。危機の第一段階を乗り切れればどうにか持ち堪えられると思うわ。そこから北は冬が心配だけど。フロリダは温暖でも、人が多すぎて食料供給がおぼつかない。テキサスは、電力や燃料はどうにかなるだろうけれど、あそこで治安を維持するのは難しそう。ハワイは、日本が支えてくれるかしら。アラスカは、ロシア軍がベーリング海を渡って来るでしょうね。五大湖周辺は、カナダが持ち堪えられるかどうか。ニューヨークは早く人口を散らさないと、あっという間に廃墟と化すでしょう」

　CNNに速報のテロップが流れた。

「おっと！　アリゾナは踏み留まったのか。あそこは妙な所だな。ここぞという所で良識を発揮する」

「これで、残るスウィング・ステート全てが共和党勝利の判決を下しても、大統領選挙の結果が覆ることはなくなりました。たぶん……」

　と少佐が報告する。音は切ってあるが、CNNの解説者も同様なことを発言している様子だった。

「いよいよ最高裁に上がる」

「選挙結果を州の大陪審が判断して、それに文句があったら、最高裁に持ち込めばひっくり返せるなんてあんまりじゃない。いつの間にこんな法律が出来たのよ」

「民主主義国にも、改善すべき点はあるね」

　カーソン少佐が、折り畳み出来る手押しの車椅子を持って来る。

「そんな安物嫌よ、カップ・ホルダーが付いていていないじゃない？」

「贅沢を言わないで下さい、ヴァイオレット。機上でも左腕の充電だって出来ますから、さっさと乗って下さい。それとも、私が抱き上げますか？」

　マックスウェル大佐は、ヴォイオレットの、義手ではない方の右腕の肘を持って、彼女が立ち上がるのを助けた。

「私のザックと、ラップトップを忘れないでね。あと娘の写真も！」

　少佐が、ラップトップを畳んでヴァイオレットのザックに入れる。卓上に置かれた家族の写真も。彼女はすでに自分の荷物をザックに纏めて背負っていた。

「では大佐。後をよろしくお願いします。幸運を――」

「ああ。無事を祈っているよ。空へ避難するのと、ここに留まるのとどちらが幸運だったかは、終わってみなきゃわからんだろうな」

　天井のライトが一瞬消えて点いた。自家発電装置に切り替わった瞬間だった。

　エレベーターが止まっていたせいで、カーソン少佐は途中、ヴァイオレットを担いで階段を降りた。あちこちで怒号が飛び交っている。ヘリポートに出ると、国防総省ビルから避難する高官の行列が出来ていた。陸軍のブラックホーク・ヘリが次々と着陸しては飛び立って行く。

　カーソン少佐とヴァイオレットは、ようやく四機目の機体に乗り込むことが出来た。

　離陸した機体は高度を抑えたまま直ぐポトマック河を渡って東へと飛ぶ。カーソン少佐が、窓の外が見えるよう、ヴァイオレットの上半身を少し起こしてやった。

　モールが見える。西端はリンカーン記念堂。そしてワシントン記念塔。その奥が丁度ホワイトハ

ウスだが、どこも群衆で埋め尽くされていて、しかも白煙が漂っている。首都警察が発射した催涙ガスの白煙だった。それは、右手奥の議事堂近くまで続いていた。

アンドルーズ空軍基地に着陸したヘリは、要人たちを降ろしてすぐ離陸していく。

カーソン少佐は、遥か彼方に駐機している白い機体を目指し、ヴァイオレットが乗った車いすを押して走り出した。

「あれ、遠すぎない？」

「私、車いすマラソンの伴走者としてボランティアしたことがあるんです。五キロくらい押して走れますよ」

国務省の専用機が離陸していく。恐らく各国大使館の大使らが乗っているはずだ。

「まるでサイゴン陥落か、最近だとカブール陥落かしら……」

「そうですね。C‐17の離陸とか見ると、これはカブール陥落に近いですね。この光景をニュースで見ることになるロシア人は、さぞ喝采を送るでしょうね。モスクワではこんな混乱は起きないのですから」

轟音を立てて次々と大型機が離陸してゆく。まるで首都陥落、アメリカ陥落という光景だった。

白い機体に横のライン、〝energy〟のロゴが描かれたボーイング767旅客機が見えてくる。客席の窓が潰され、胴体の真上に各種の衛星アンテナが装備されている所を除けば、機体自体は普通の旅客機だ。別にミサイルを装備しているわけではない。

三〇〇メートルほどまで近付くと、二人の存在に気付いた乗員らが慌ててタラップを降りて走って来た。

「お待ちしていました、ソーサラー。自分はテリー・バスケス空軍中佐です。以前、国防総省（DOD）で、マックスウェル大佐としばらく机を並べていたことがあります。自分がこのドゥームズデイ・プレーン〝イカロス〟の指揮を執ります」

「なんでエネルギー省がこんな立派な機体を持っているのかしら？」

　ヴァイオレットは、少佐の背中に抱きついたまま尋ねた。

「NSAほどではありませんが、エネルギー省にも多少の秘密予算はあるということでしょう。自分が機内にご案内します」

　ヴァイオレットは、中佐に背負われてタラップを上り、コクピットに近い部屋に入った。そこはまさに部屋だった。機内に、もうひとつ部屋がある。だがそれは、間仕切りで作られた部屋ではなく、機内に持ち込まれた特別なコンパートメントのようだった。

　彼女が乗り込むと、エンジンの回転音が高まり、機体はエプロンを離れて滑走路へと向かった。会議室の上座に案内され、シートに腰を下ろしてシートベルトを締めた。

　コクピットから望む外の景色が部屋のモニターに映し出されていたが、ちらと大統領専用機（エアフォース・ワン）が映った。

「大統領はまだ脱出していないのね？」

「はい。恐らく地下のシチュエーション・ルームです。地上の施設はすでに催涙ガスが充満しているはずなので、専用ヘリへの移動も楽ではありません」

　その会議室が設けられたコンパートメントには窓はなかった。モニターの景色だけだ。だが滑走路を走り出しても、振動が微かに足下から伝わってくるだけで、エンジン音はほとんど聞こえなかった。せいぜい、地下鉄の車内並の騒音レベルだ。

「この静けさはいったい何なの？」

「国務省専用機や、エアフォース・ワンに搭載されている静音ルームと基本的には同じです。分厚い吸音材が入った壁を持つ部屋ごとキャビンに浮かせた上で、ノイズ・キャンセリング・スピーカーでエンジン音を打ち消す。中でも、このコンパートメントは、エネルギー省が研究予算を出している最新のテクノロジーが採用されています。大統領専用機より静かです。私とヴァイオレットは今、三メートル以上離れてお話していますが、通常の旅客機で、この距離で離れて怒鳴り合わずに会話するのは不可能ですから」

「私以外には誰が乗っているの？」

「発電や送電部門のハイレベル・エンジニアや――」

「いえ、そうではなくて、ソーサラーの資格を持つ人間のことです。それは私を含めてエネルギー省に全員で七人いる」

「ここには、ヴァイオレットのみです。他は、DODに留まったり、地上ルートで秘密政府施設に避難したりで。この機体は、車いすでの移動を考慮はされていませんが、トイレは一つだけ車いす対応があり、シャワーブースもあります。食事に関してだけは、ホットミールを載せているわけではありませんが、冷蔵庫と電子レンジだけはあります。空中給油を受けつつ、必要な時間だけ、上空に留まれます」

「それで、どこに向かうのかしら？」

「ひとまず、西を目指します。空中給油機能もありますが、シアトルまで飛べば、ボーイングの支援を受けられる。機体の維持整備が最優先なので」

「地上の電力の維持はどうなっているの？」

「巡航高度に上がったら、後でブリーフィングがあると思いますが、ニューヨーク州を含めて、東部諸州の三七パーセントが現在停電中です。これには、ワシントンDCや、マンハッタン島も含まれます。しかし都市部の停電はもっと大きいようです」

「酷いわね……。みんな頑張ったけれど、呆気なかった」

コクピットからの映像モニターに、黒い戦闘機の影が映った。

「空軍戦闘機が、護衛に付くよう命じられています」

「パイロットは皆、民主党員でしょうね？」

「そこまでは確認しておりませんが……」

「冗談よ。燃料の無駄遣いだわ。私の知る所では、巡航高度にいる旅客機を撃墜する高度まで上がれる携行式ミサイルはないわ」

「はい。念のためです」

モニターが、ホワイトハウス、大統領執務室からの映像に切り替わった。大統領が、国民に平静を求める声明を読み上げていた。ライブではない。噂では、前々日辺りに録画されたとのことだったが。電気が落ちた今となっては、この映像を見られる国民は、全国民の半分くらいだろうとM・Aは思った。共和党員からは信任を受けていない。彼らは今も〝盗まれた選挙〟と繰り返している。果たしてどこまで説得力があるのか……。

「テレビ・ニュースはどこか映るかしら？」

バスケス中佐が、リモコンを切り替えてFOXニュースを映した。

「おっと、CNNの方がよいですね……」

CNNに切り替わると、モールを映したドローンの映像に切り替わった。

「特別区上空は、ドローンの飛行許可は滅多に出ないわよね」

凄まじい光景だった。ガスマスクを装着した警官隊が、催涙弾を水平発射で撃っていた。つまり、群衆に直接それが命中して爆発し、白い煙が拡散するのだ。

だが、群衆の中にもガスマスクを装着した集団がいて、石や何やらを投げてくる。

「銃撃戦に発展するのは時間の問題ね……」

「ベトナム反戦運動以来でしょうね。まだ自分が生まれる前の出来事ですが……。自分はオペレーシュン・ルームにいます。長距離トラックのルーフ型ベッドにはあります。就寝用のベッドもあると同じですが……。御用があったらお呼び下さい」

「そのオペレーション・ルームに、私の車いすが入れる空間を作って下さいな」

「はい。ただ、この部屋を出ることはあまりお勧めしません。何しろ機内は煩いので、疲れが溜まります」

「中佐、私のことを過度に病人扱いする必要は無くてよ。この国の崩壊を防いで、やるべきことをやりましょう」

中佐が部屋を出て行く。分厚いドアを開けた途端、ゴー！　というエンジンのうなり声が室内を圧倒した。

ドアが閉められた途端に、その音はピタリと止んだ。

「お茶でも淹れますか？」

とカーソン少佐が、壁際のエスプレッソ・マシーンを指差した。

「何があるのかしら？」

「エスプレッソに、われわれのコーヒーに、ウーロン茶に、ダージリン・ティもありますね」

「紅茶を頂戴。レベッカ、貴方、娘さんはどうしたの？」

「昨日、出かける前に母を呼んで引き取ってもらいました。今頃は、ロングアイランドの実家にいるはずです。たぶんあの辺りも停電しているでしょうが、父は軍人上がりだし、コミュニティを守って何とかやるでしょう」

「ここ、異様に静かよね。別に天井が低いわけではないし、どうして民航機の機内をこういう構造に出来ないのかしら」

「この部屋の壁は、天井も床も厚さが五センチはあります。その中に、サンドウィッチ構造を持つ吸音材がびっしりと詰まり、さらには、シート状のノイズ・キャンセリング・システムのマイクとスピーカーも貼られている。民航機に導入したら、重量増と、酷いコスト・オーバーになるでしょう。でも、お金持ちのビジネス・ジェットは、いずれこういう仕様になるでしょうね」

ヴァイオレットは、お茶を飲みながら、テーブルに自分のラップトップを取り出し、その右側にノートとボールペンを置いた。

「この機体の通信システムの概要を把握しておきたいわ。ネットワーク・エンジニアを連れてきて。それと、搭乗しているエネルギー省職員のリストも」

「はい。すぐ用意します」

「今、何機くらい、こういう空中指揮機が飛んでいるのかしら？」

「さすがに、住宅供給公社が専用機まで持っているとは思えませんが、恐らく一〇機前後ではないでしょうか。国土安全保障省も自前の指揮機を持っているし、ＮＳＡもありますよね。いやそうすると、確実に一〇機を超えるかも知れませんね」

気流が荒れてストンと機体が沈んだ。騒音は制御出来ても、こればかりはコントロールしようがなかった。

アライ刑事親子とＦＢＩ捜査官らは、死体の掘り出し作業が終わる間、検視官事務所近くのリブステーキ屋で昼飯を食べた。

テキサスは、やたら暑いことを除けば平穏そのものだった。ここの大統領選挙（選挙人選挙）自体、圧勝というほどではなかったが、まんべんなく共和党が取り、疑義を挟む余地は無かった。裁判も起きなかった。

夜はバーになるそのレストランは、バーカウンターの奥の天井付近にテレビ・モニターが下げてあり、ＣＮＮが点けてあった。

ワシントンＤＣの騒乱。ニューヨークの五番街では、すでに商店の略奪が始まっている。そこにはパトカーも警官隊ももういなかった。警察で対処できるレベルを超えており、州知事は州軍の治安出動を要請していたが、州兵の姿はどこにもなかった。

ネット上では、州軍内部にも民主共和両党の対立があり、出動を巡って意見対立が起こっているという噂が流れている……、とＣＮＮは報じていた。

「どうしましょう、ジャレット捜査官。ＦＢＩ本部から、全連邦捜査官宛に、現在進行中の捜査活動をいったん打ち切り、別命あるまで待機せよ――、との命令が出ていますが？　これは、ＤＣに戻れという命令ですよね」

とチャン捜査官が、届いたメールをスマホ画面で見せながら尋ねた。

「放っておけ。われわれの手が借りたければ、誰かが電話を掛けてくるさ。新人の君に出来ることはないし、ロートルな私に出来ることもない」

テレビのチャンネルが地元ケーブル・テレビ局に切り替えられると、テキサス州知事のカール・

F・リヒターが、家族全員を従えて、州庁舎の前に出て来た所だった。

「テキサス州の皆さん――。そして、この声が届く、全ての合衆国民に、この声明を伝えたい。アメリカは、いろいろ対立もあったが、混乱と危機の前には、常に一致団結し、立ち向かってきた国であります。われわれがこの事態に、置かれた状況を正しく認識し、隣人と助け合い、冷静に行動することを望みます。

テキサス州民の皆様に向けて話します。わがテキサスも高温乾燥が続いており、農作物には甚大な被害が出ています。海水温も上がり、海でも不漁が続いている。熱中症による死者も絶えない。だがまず、我が州では、他州で発生したような、大規模な停電は起きません。わがテキサスの発電及び送電網は、他州とはほぼ完全に切り離されており極めて堅牢です。われわれは今世紀に入ってから、これら発電及び送電網の整備に巨額な予算を投じてアップデートしてきました。この予算の執行に、民主党議員が快く賛成してくれたことに改めて謝意を表したい。

ここ一週間、ロシアからと思われる激烈なサイバー攻撃が、これらのシステムに加えられているが、幸いまだ持ち堪えている。一時的なダウンはあるかも知れないが、復旧は可能だと州のサイバー防衛チームからは報告を受けている。

そしてその他のエネルギーに関しても、わが州は石油産出が豊富であり、精製所も多数稼働しているので、ガソリンが尽きることはない。それらは当然、他州にも提供される。

しかし、一時的な混乱は常に起こりうる。高温傾向の持続、竜巻やハリケーン被害など。ラジオや電池を準備し、家庭や個人で、サバイバルに備え、避難所や救援体制を日頃から確認することを強く勧めます。インターネットや携帯電話のダウンに備え、家族とは、連絡が途絶えた時の段取りを決めておきましょう。州当局は常に備えており、州軍も全部隊一丸となり、危機に対処します。この状況下において、われわれに民主、共和の党派や主義の違いはないことを断言します。私は常に議会と連絡を取り合い、大統領とも協力し、もし周辺の州が混乱するようなら、助け合う準備も進めています。

最後に、テキサスを分断、あるいは略奪を企む者たちに警告する。テキサスは自存自衛の州だ。多くの州民が武装している。この混乱に乗じる者たちに対して、発砲する権利を州民に与える。われわれは自らを自らの武器によって守り抜く！

テキサスとアメリカに、神のご加護があらんことを――」

知事は、記者の質問には応じずに引き揚げた。

食後のコーヒーを飲みながら、ジャレット捜査官が、「なあ、私が言った通り、彼はまともだろう？」と自信ありげに言った。

「あれは大統領になるよ」

「そうですか？　彼、インターンの女子学生に手を出して、州知事選では、民主党の対立候補をサタン呼ばわりした男ですよ？」

とチャン捜査官が反論した。

「人間は誰しも過ちを犯すし、しかし人間はその過ちに学び成長もする。彼はそのサタン呼ばわりした対立候補に、選挙後公式に謝罪している」

「そもそも、どうして彼がまともな政治家だと判断したのですか？　この世に、まともな政治家がいるとしてですが……」

とアライ刑事が真顔で尋ねた。

「単純なことだ。彼はサイコパスでもソシオパスでもない。その定義に当てはまらない。政治家に多い自己愛性パーソナリティ障害でもない。企業家や政治家の多くが、この三つの条件に大なり小なり合致し、当てはまる所があるが、彼は一つも無かった。ということは、普通の、平凡な人間だ。それはつまり、われわれと同じという意味だ。その平凡な人間に、志という目的が出来れば、さらに強くなる。それと、チャン捜査官、君は気付かなかったかね？　奥さんの視線や仕草に」

「何かありましたか？」

「記者の前に出てくる瞬間、彼女から夫の手を取り、娘には反対側の手を繋ぐよう命じていた。彼女は、あの瞬間、信頼の眼差しで夫を見ていた。政治家の妻なら当然だろうと思うかも知れないが、あの夫婦は、そのインターンとの浮気を巡る問題でしばらく冷え切っていた。今は、お互い、不満というか、出すものを出し切って、夫婦関係は上手く行っているということだ。家庭での主導権を握っているのは完全に妻の方だが、夫はその状況に満足している」

「はあ……。勉強になります」

トシローは少食で早めに食事を終え、しばらく軒先に出ていたが戻ってきた。

「ニックは、掘り出された後の死体の検死解剖に立ち会うんだろう？　で、ヘンリーとチャン捜査官は、郡の公文書保管所で体育館建設時の書類漁り。その手間を省いてくれる人物を探し出した。当時、ダラスでホワイトカラー犯罪捜査班を率いていたベテラン捜査官だ。まだ生きていて、ピンシャンしている」

「なぜ、ホワイトカラー犯罪捜査班が関係してくるのですか？」とチャンが尋ねた。

「それはもっともな疑問だな、お嬢さん。今でこそ、公共事業の入札に不正はない。起こってもだいたい暴かれ、裁かれる。半世紀前、そこに法は無かった。だいたいが談合で決まる。その談合を仕切っていた大物がどこの地域社会にもいたものだ。彼に聞けば、誰が仕切っていたかがわかる」

「その大物が生きているとは限らないですよね？」

「彼と電話で話したが、その悪党もやはりまだピンシャンしているそうだ。俺をこのションベン臭いホームから出してくれたら、案内してやる、弁護士抜きで合わせてやると言っている。ダラスまで車を飛ばす必要があるがどうする？」

「そりゃ行くしかないだろう。たぶん、定期便の時間を待って向こうでレンタカーを借りるより早い」と息子が腰を浮かせながら言った。

「行ってくれ。どうせこっちの検死解剖は夕方まで掛かるだろう」

「帰りは遅い晩飯になる。オリバーと先に食べててくれ」

「ああ。待てないようならチャン捜査官に電話するよ、今は、腹一杯だ。やはりテキサスは肉だよ！　カウボーイが投げ縄を使って、迷い牛を追う……、もうそういう時代じゃないか？」

「まあ、テーマパークの見世物のショーでしか見ないな。ニックがここに通っていた頃から、牧畜は、みんなピックアップ・トラックの時代で、今はドローンも使われつつある」

三人は、オデッセイに乗り込み、一路東へと向かった。街の外れで一回給油してから、車中しばらくラジオを聴いていたが、ロスアンゼルスで大規模な停電が発生したというニュースを聞いてラジオを切った。

「そのベテランの刑事さんて、親父とは面識があったの？」

「いや、俺がこっちに引っ越してきた時にはとっくに定年退職していた。だが、伝説の人物だった。

彼の手に掛かれば、解決しないホワイトカラー犯罪はないと言われた。チームを率いるようになってから、何人も大物を逮捕して、建設業界を浄化したよ。最後の頃は、家族にまで護衛が付いたと聞いている。お前に話す機会がなかったな。なぜテキサスに引っ越したかを……。

湾岸戦争に、憲兵隊兵士として出征した。憲兵隊だから、別に敵兵を殺すわけじゃない。敵兵から狙われるわけでもない。楽な任務だと思った。そして実際、別にたいした事件にも遭遇せず無事に帰還した。長期の駐留もなかった自分としては、別に何も感じなかった。軍を離れ、普通の暮らしに戻ったつもりだった。冷戦は終わり、お前も生まれて、新しい人生が始まると思った。上手く言えないんだが、何かが違った。狂い始めていた。戦友会にも出なくなり、塞ぎ込むようになって、お前は知らなかっただろうが、俺は何年も塞ぎ込んでいた。警察も辞めた。

お前が陸軍に入隊する時、母さんが大反対しただろう。それが理由だ。俺と同じ目に遭うんじゃないかと心配した。

今でも、自分がＰＴＳＤだったという事実を受け入れられない。だって、戦場らしい戦場は何一つ経験していないんだぞ。自分で銃をぶっ放すこともなかったのに……。路肩爆弾で仲間が死ぬ所を目撃して、とかいうんじゃないんだ。それで、ＰＴＳＤだなんて恥ずかしくてな。仕事も上手くいかなくなって、転職する回数が増えた。

ある日、当時の上官が訪ねてきてくれた。腕の良い警官を探している。転地療法だと割り切って、テキサスに来ないかと誘ってくれた。それで、もう失うものはないと割り切ってこっちに来た。幸い、状況は改善した。母さんには迷惑を掛けた。お前を連れて、離婚することも出来たのに」

「時々、訪ねて来たマーカスおじさんのこと？」

「そうだ。一〇年前亡くなったが、あの人が、その後も俺を引き立ててくれた。俺の一番の恩人だ。黒人だアジア系だと一切差別しなかった」

「有り難う親父。話してくれて……」

バックシートに座るチャン捜査官は、会話に口出ししないよう、寝ているふりをしてやり過ごした。

道中を半分過ぎた所で、チャン捜査官は運転を交替し、ダラス市内のケアホームへと向かった。

その頃、ワシントンＤＣでは、警官隊とデモ隊との間に、激しい銃撃戦が繰り広げられていた。警官隊は、せいぜいサブ・マシンガンしか持っていなかったが、デモ隊側には、アサルト・ライフルで武装した集団も紛れ込んでいた。

後に、〝モールの大虐殺〟と呼ばれることになる、アメリカ崩壊の切っ掛けとなった事件だった。


ヤキマ演習場から四〇キロ西へ移動した登山道入り口まで、第３水機連隊の幹部一行が出迎えに出た。そこは未舗装だったが、パーク・レンジャーの巡回コースで、ぎりぎり軍用トラックが登れる場所だった。

高度は千メートルを超えているため、皆、届いたばかりの防寒具を羽織っている。コータムや、低軌道衛星の衛星携帯も新たに届き、これで無線を巡る不便は一挙に解消されていた。中隊長は、いつでも必要な時に、コータムの中継機能を使い、各小隊長全員を呼び出すことが出来た。

延焼が続いているため、空はうっすらと曇っているというか霞が掛かっているような感じだった。だが、地元消防隊の話では、よほどのことが無ければ、今の山火事がこれ以上、大きく広がることはないとのことだった。

　ここまで登って来てわかるが、日本の山岳地帯とはまるで違う。禿げ山が多いのだ。燃えるものが無かった。尾根の向こう側は繁っているのに、こちら側は禿げ山で地面が露出しているという所が多かった。

　やがて、バカでかいキャノピー袋を抱いた隊員らが一列になって降りてくると、全員が拍手で出迎えた。

　出迎えの先頭に立つ後藤一佐は、満面の笑みを浮かべ、一人一人労をねぎらいながら固い握手を求めた。

　皆、いったい何が？　という戸惑った表情でそれに応じていた。それにしても、皆酷い格好だった。ブーツは泥だらけ。戦闘服はあちこち燃えているし、顔は絆創膏だらけ、眉毛がごっそり燃え落ちた者もいれば、足を挫いて仲間の肩を借りて降りてくる者もいる。

　隊列の最後に降りてきた工藤曹長と榊一尉の両手を取り、涙ぐむ後藤一佐は、振り回さんばかりの力で握手した。

「よくやった！　よくやってくれた！　曹長も榊一尉も。写真は撮ったか？　上で諸々の証拠写真は撮ったか？」

「いくらかは……。臨時小隊三〇名、任務を完了し、全員無事に下山したことを報告します！」

　と榊が敬礼する。横から何台ものムービーやスマホがその場面を撮影していた。

　後藤から解放されると、榊は小声で「何事ですか？」と中隊長の鮫島二佐に尋ねた。

「あとで説明する。とにかくよくやった！　それに、全員無事で良かった。麓にな、温泉スパがあるそうだ。そこへ直行させるから、戦闘服も洗ってゆっくり寝ろ」

　後になって、隊員の半数は降下に失敗して事故

死するだろうと米側が判断していたと聞かされ、鮫島は内心激怒したが、もちろん顔には出さず、

「われわれはプロですから、そんなことは起こりませんよ」と笑って応じた。

　上空では、二機のC‐2輸送機が、消火活動に当たっていた。米側が用意した消火剤入りの水タンクをGPS誘導パラシュートで落としていく。火災の真上に来ると、重量一トンのタンクを爆発させて、上空から雨を降らせる。あるいは、山岳消防隊が待機する場所にピンポイントでタンクを着地させていた。急遽、自衛隊機がその反復消火活動に当たっていた。


　その軍用トラックのそばで、土門二等書記官やコスポーザ少佐も部隊を出迎えた。

　コスポーザ少佐とパラトク捜査官は、道案内して降りてきたベローチェ少佐の労をねぎらい、パーク・レンジャーの四駆へと乗せた。

　コスポーザ少佐は、その間もひっきりなしに衛星携帯で誰かと話していた。

「しかし、ここまで登ると、レーニア山も一層綺麗ですね」

　土門は西に聳えるレーニア山を眺めながら言った。

「そうか？　でもまだまだ遠いぞ」とコスポーザ少佐もレーニア山に目を向けて答えた。

「ええ。富士山で言うと、東京の端っこから望むくらいの距離がありますね。ここからレーニア山の山頂まで、もう人家はないのですよね？」

「そうだね。キャンプ場や、せいぜいレンジャー基地が点在する程度だ。そういう部分では、マウント富士とはだいぶ違うかもね。君はシアトル勤務なのに、登ったことはなかったの？」

「ええまあ。日本人だって、国民全員が富士山に

登るわけではありませんから」

「その名もワンダーランド・トレイルと名付けられた素敵なハイキング・コースがある。渓谷あり、氷河もあって絶景だよ。これぞトレイルというハイキングを楽しめる。ぜひお勧めするよ」

　また電話が掛かってきて、コスポーザ少佐は一瞬そこを離れた。

　戻って来ると、「ワシントンはワシントンでも、DCが大変なことになっているらしい」と告げた。

「それと、そのDCの連中がようやく事態の深刻さを理解してくれて、FBIの特別捜査チームと、戦術部隊を送ってくれるそうだ」

「タクティカル・チームって、普通、立て籠もった犯人の住居を、バッティング・ラムでぶち壊して突入する連中ですよね。武装もM-4ではなく、サブ・マシンガン。大丈夫ですか？　あの軍隊並みの装備の敵に対して」

「さあどうかな。それより私は、本当に来てくれるのか？　と心配している。ロスアンゼルス支局から出るらしいが、あっちも停電して、これから激しい暴動も起こるだろう。こんな所に要員を出す余裕があるのか……」

「うちはまだ余裕がありますよ？」

「自衛隊？　いやぁ、こんな危険な任務を強いた上に……」

　とコスポーザ少佐は首を振った。

「任務に出たのは、中隊から選抜された一個小隊に過ぎません。中隊は丸々遊んでいる。そして、そのFBIの戦術部隊より強力な武器で武装している。押すべき所を押せば、命令が出て、そのロシア兵部隊を追えるでしょう」

「有り難う。FBIがその人手を出せるかどうか、しばらく様子見してみるよ。今は辛うじて幹線道路だけ検問を敷いているが、敵は暗くなったら、街から出るだろう。その前に戦術部隊が到着してくれれば良いが。それにしても、君は変な人だね。アメリカ人でも、サブマシンガンとアサルトの区別が付く者は少ない。挙げ句に、その若さで軍隊を好きに動かしている」

「米国務省と国防総省は、同格か、国防総省の方が少し格上でしょう。軍隊という実働部隊も抱えているし。でも日本では、防衛省より外務省の方が圧倒的に格上で、防衛省は外務省に絶対に逆らえない。そして日本の総理大臣は、アメリカにには逆らえない。そういう単純な構造です」

もちろん、FBIロスアンゼルス支局にそんな余裕はなかった。シアトルは、まだ電気はあったが、小さな暴動が起こり始めていた。何しろ貧富の格差が大きな街で、名だたるIT企業に勤めながら、街の公園でテント暮らしというホワイトカラーもいる。

今となっては、シアトル支局からですら、応援は出せそうになかった。

アライ親子は、ジョー・プール湖沿いの見晴らしの良いケアホームで、ベンジャミン・クラーク元刑事部長をピックアップし、ダラスの南西に位置するクリーバーン郊外の大邸宅へと向かった。

そこは、広大なゴルフ場に隣接する邸宅で、白亜の豪邸だった。どうかすると、ホワイトハウスに造りが似ている。

クラーク元刑事は、歩行に杖が必要な以外は、元気そのもので、頭脳もまだ明晰だった。すでに九〇歳を超えていたが。

戦車でも入れそうな幅がある門扉が開くのをしばらく待った。

「ほら、ここから建物の玄関までまだ一〇〇メートルはあるだろう。なのに、草花一本植えていない。細い径と、それを囲む池だけだ。ピラニアが放し飼いにされているという噂がある。暗殺者を遠ざけるために、視界を妨げるものは植えず、池も作ったという話だ。当時は、公共事業を巡って札束も飛べば実弾も飛び交う時代だったからな」

「まるでホワイトハウスみたい」

　とクラークの隣に座るチャン捜査官が言った。

「そうだ。実際に、あれを似せて建てられたし、こっちではそう呼ばれている。時々映画やドラマのロケにも使われているよ」

　車寄せにオデッセイを止めると、腰にピストル・ホルスターを下げた男が出迎えた。民間軍事会社風のスタイルだった。胸にはプレートキャリアーを着用している。

「驚いたね。爺さん、今だに暗殺を恐れているのか。息子に事業を譲ってもう二〇年以上経つはずなのに。この建物の下にもライバルの建設業者が何人か埋められているって噂だぞ」

　やたら天井が高いゲストルームに通されると、電動車いすに乗ったサミュエル・ヤング氏が現れた。しばらく、無言のままクラークと睨み合った。

「ベンジャミン、最後にあんたと会ったのは……」と掠れ声で話しかけた。

「いや、ヤングさん。俺とあんたが直接会ったことはない。そもそもファースト・ネームで気安く呼びかけられる付き合いでもない」

「それはまたつれないことを言うな。あなたの退職祝いパーティには、一万ドルもするコニャックを届けてやったのに」

「ああ、覚えているよ。便所に流してやった。あんたに会う機会があったら、一つ聞きたいと思っていたんだ。どうして私を暗殺しなかった?」

「ああ、それはなぁ……。あの当時の部下からも何度も聞かれたよ。ちょっと汚れている手に、新しい血が付くだけだと。私なりのルールがあった。公職にある者は金で買収すれば良い。それに応じないものは放っておけ。決して脅すなと」

「そういえば、あんたに脅された役人はいなかったな。買収された連中は多かったが」

「俺も聞くが、なぜ逮捕しなかった。仮に、ほんの数時間で保釈されるとしても、一時的に気分は良くなるだろう」

「それも考えた。だがあんたの逮捕状を用意しようとすると、必ず情報が漏れ、政治家から圧力が掛かってくる。それで、自分はそれをやって左遷されるより、ここに留まって、今はあんた以外の摘発に力を入れるべきだと思った。いずれ、あんたを逮捕するチャンスも巡ってくると思っていたが、思ったまま、定年を迎えた」

「あの頃、俺が政治家を手懐けるために払っていた賄賂の総額を知ったら驚くぞ。本当の極悪人はどこに居るか、あの頃、教えてやりたかったね」

「さて、挨拶はこのくらいにして、本題に入ろうじゃないか？」

とトシローが促した。トシローが、息子とチャン捜査官を紹介し、アビリーンでのビジネスを聞いた。

「そうだな。ダラスの街から西半分と、アビリーン辺りまでは、俺の支配下だった。記憶にはないが、たぶんその体育館工事にも絡んでいる」

「工事現場に死体を埋める手口は……」

「いやいや。そんなことはしないさ」

とヤングは笑った。

「いかにもやりそうだと思うだろうが、それは完成すれば商品になる。お客の財産だ。大事な売り物を毀損するようなことはしないさ。ＦＢＩのお嬢さん、そのテーブルの端の白いテーブルクロスを捲ってくれ。用意しておいた。当時、その工事に絡んで受注した業者の名前と、そこから俺が得るコンサル料がメモしてある」

「コンサル料？　ピンハネですか？」

「若いのに言葉を知らん人だ。あくまでもコンサルタント名目だぞ。そういう制度は、今でも中抜きとして、堂々と残っている。不思議なことに、どこを突いても全く合法なんだぞ」

チャン捜査官は、そのペーパーをクラークに見せた。コピーではない。端が少し茶色く変色していたが、手書きの真性の証拠品だ。

「間違い無い。あんたの文字だ。協力に感謝する。ここにある会社名に何か思い当たる節は？」

「元請け企業はもちろん良く知っている。一次下請となると知っていたり知らなかったり。二次下請けに至っては、まず知らない。それが、この業界に於ける問題発生時のリスク回避方法だ。付き合いが希薄なら、工事ミスが発覚してそこが潰れようがどうしようが心も痛まない」

「有り難うヤングさん。感謝するよ」

「それで、ベンジャミン。最近は孫も訪ねてこない。あんたが入っているケアホームは悪くはないが、たまには酒でも飲みに来ないか？」

「消灯は九時でな。だが、昼間のお茶くらいなら、考えよう」

「うん。待っている」

大邸宅を辞すると、チャンが、「何というか……」とため息を漏らした。

「カリスマ性があるって感想だろう？　あの時代の裏社会の面子は、みんなああさ。それだけのカリスマ性がなきゃ、生き残れなかった」

「さて、このリストに手がかりがあれば良いがな……」

とトシローはもう捜査のことを考えていた。

テキサス州は、いつも通りの夕方を迎えていた。

ようやく熱波から解放され、気温がぐっと下がろうとしていた。そこに騒乱の気配はなく、もちろん電気もふんだんに使える。かろうじて、予め燃料を補給しておこうと、ガソリン・スタンドがいつもより混んでいる程度だった。

帰宅した人々は、他州に暮らす親族や友人らと連絡を取り合い、固唾を飲んでCNNを見守った。モールは、燃えていた。モールだけでなく、ワシントンDCの官庁街のあちこちで火の手が上がっている。それらの屋上で、救出を待って手を振る人々がいる。実際に政府職員救援の陸軍ヘリはまだ飛び回っていた。それはニューヨーク・マンハッタンも同様で、こちらの破壊の方が遥かに酷かった。

人々は、911のテロを思い出し、マンハッタン島の惨状に涙した。

第六章　ダラスの熱い夜

　ヴァイオレットは、エネルギー省が所有する終末の日の指揮機（ドゥームズデイ・ブレーン）〝イカロス〟の会議室で、上級スタッフと共にモニターに映し出されるドローンの映像を見ていた。

　ワシントンDCが燃えていた。州兵や海兵隊員らが、最後の砦ホワイトハウスを守ろうとじりじりと後退し続けている。

　議事堂はとっくに陥落した。陥落して、燃えている。あの白亜の議事堂の窓という窓から、黒煙と、火の手が上がっていた。

　暴動が想定されていたので、議員たちは今日は議事堂から離れよ、と呼びかけられていたはずだ。職員が犠牲になっていなければ良いが。

「大統領はどうして脱出しないの？　アサルト・ライフルを持った集団が、群衆を盾にしてホワイトハウスまであと五〇〇メートルの所まで迫っているのよ？」

「恐らく、軍の首脳は避難するよう要請しているはずですが……」

　とバスケス中佐が応じた。

「武装した群衆が大統領官邸まで迫っているなんて、第三世界でしか起こらないことよ」

　その群衆は、口々に「偽物を追い出せ！」と叫んでいた。

〝イカロス〟は、夕陽を浴びながら、カナダ国境に沿うノースダコタ州上空を旋回していた。半径一〇〇キロのトラフィック・コース上を旋回していた。アメリカのど真ん中だ。シアトルまで二時間、DCまで三時間だ。

夕暮れを迎えても騒乱は拡大する一方だった。ニューヨークのマンハッタン島五番街では、ドローンはDCよりもっと低く飛んでいる。火災現場に向かおうとした消防車が暴徒に阻止され、それ自体、放火して燃やされるという状況だった。あちこちに車両が放棄され、乗っていた人間が逃げ出したことがわかる。

だが、その無人の車両も暴徒に襲われ、金目のものを奪おうとフロントガラスが割られていた。

衝撃的だったのは、イースト・リバーに掛かるブルックリン橋と、隣り合うマンハッタン橋の状況だった。

下り車線は、マンハッタン島から脱出しようとするマイカーで埋まっていた。渋滞していた。だが、あちこちで事故が発生し、もちろんもうドライバーも誰もいない。

その橋も暴徒に襲われ、一台一台フロントガラスが割られていく。挙げ句に、誰かが火を点けて回っていた。

橋全体が燃えているように見えた。橋の上に放置された車両が、何百台も燃え、その煙がたなびいている。ドローンから見下ろしていると、まるで文明社会を襲うゾンビの群れだった。

〝イカロス〟の中央区画に設けられたオペレーション・センターでは、その映像を見た職員に泣き出す者もいた。

ヴァイオレットの斜め右手に座るエネルギー省主任技師のサイモン・ディアス博士は、その映像には目もくれずに、パソコンの画面を睨んでいた。

energy

「どうなの？　サイモン」

　とヴァイオレットは答えを促した。

「そうだな……。メーカーの協力がフルに得られ、そこに必要な部品が滞りなく届き、現場の治安が完璧に確保され、作業員の確保もスムーズに運び、二四時間ぶっ通しで働いたとして、マンハッタン島の電力が復旧するのに一週間だろう。何というか、攻撃者は、恐ろしく効率的にグリッドを破壊している。一つも無駄がない。あり得ないくらいに……」

「通常、軍事作戦では、情報の精確度の限界から、すでに未使用の旧施設にも攻撃が行われるものよね？」

「そうだ。現状で言うと、たとえばハドソン川沿いのR２B変電所は、それなりに重要な施設だった。だが半年前、その機能を代替するR３C変電施設が立ち上がって機能を終えた。施設の建物はまだそのままだ。たいがいの地図には、このR３C施設はまだ載っていない。にもかかわらず、敵は、R２Bは完全無視してR３C施設を攻撃した。発電所というか、電気会社に内通者がいる。これほど効率的な攻撃も、専門家が考えなければ不可能だ」

「拠点防衛を徹底させましょう。もう失った所は後回しにするしかないわ。今維持されている所の送電系をしっかり守れるようにしないと。カリフォルニアはどうなの？」

「あそこはちょっと複雑だ。何もかも自由化したせいで、誰もそのシステムを正確に理解出来ていない。まあ、風力も太陽光発電もそこそこあるから、自力で解決するんじゃないか。共和党の影響力も知れているし」

「それで、どう対処するの？」

「堅牢なエリアがある。例えば、水力発電所が近くにあり、しかしそこは小さな町だとか。そういう所をしっかり守り、送電系を周辺部へと拡大していく。それで結果的に電力を回復させる。東部の都市部は最後になるだろうが仕方無い。投資による設備更新を怠ったつけだ。そのつけは、住民自らが払うしかないな」

「いずれにしても、必要なのは、まず武力と人手ね」

「そうだが、サイバー攻撃に関しては、君の専門だ」

「できることは全てＮＳＡでやっています。これ以上のことは、コントロール系の回線を切り離して閉鎖系の自立制御に切り替えるしかないけれど、たぶん敵はそれも計算している。外部との接続を切った途端に動き出すトロイの木馬が埋め込んである可能性が高いとＮＳＡは見ている。それへの対抗措置が必要よ？」

「ヴァイオレット、私はそっちの方は全くの門外漢だが、閉鎖系に見えなきゃ良い訳だろう？　偽の外部ネットワークを構築してトロイの木馬を騙せば良い。つまり、ここはまだ城壁の外だと思わせる」

「そうね。そういう手もあるわね。ＮＳＡにそれを考えたか聞いてみましょう。かなり手間が掛かる作業だけど。ＡＩを使えばスピード・アップできる。次に原子力関連施設の防衛問題に移りましょう。限られた人手ではあるけれど、ウクライナ侵略でも、ロシアは原発施設の破壊を躊躇わないことがわかった。それなりの戦力を割いて守る必要があります……。これ、ここでやる必要があるの？」

　とバスケス中佐に聞いた。

「ＤＣの施設は、どこも地上回線が破壊されて衛星回線しか生きていません。そもそも、警官隊が使用した催涙ガスがあまりに大量で、そのエアロゾルはあらゆる建物に侵入しました。軍事レベルの防毒マスクでなければ、まともな呼吸もできないほどで、それはエネルギー省の建物も例外ではありません。われわれが一番まともな指揮通信機能を持っています。エネルギー省、あれもこれもと手を広げすぎているとは思いますが……」

「わかりました。続けましょう。でもさすがに、敵が改造コロナ・ウイルスをばらまく危険性に関しては、疾病対策センター（CDC）に任せて良いわよね」

上空に上がれば少しは休めるかと思った。なのに状況はますます悪化するばかりだ。山火事レベルでは、エネルギー省が関係する部分はほとんど無かった。せいぜい水力発電所や山岳地帯を走る送電線の保守くらいのものだ。

しかし、民主共和両派が疑心暗鬼に陥って、軍隊にまともに出動命令も出せない中では、あれもこれも負担が増えるばかりだ。

「急ぎましょう。われわれの明確な指示命令を待っている人々がいるわ――」

ヴァイオレットは、引き出しに入れた日本製の必殺エナジー・ドリンクを二本ばかり持参すれば良かったと後悔した。将来、またこんなことがあったら、忘れないようにしよう。

彼女の背後でパイプ椅子に座ってメモを取っていたレベッカ・カーソン海軍少佐は、ソーサラーのメンバーをせめてもう一人乗せるべきだったと後悔した。これでは一人の負担が大きすぎる。

共和党保守派は、前々日から支持者たちにDCに集まるよう呼びかけていた。議事堂やホワイトハウスを包囲し、大陪審を受け入れず、選挙結果を盗んだ奴らと戦え！　と号令を掛けていた。

DCへと入る道路は大渋滞。レベッカもヴァイオレットも三日前から徹夜状態だ。ヴァイオレットは、いつ倒れてもおかしくない状態だった。この機体には衛生兵は乗っていたが、軍医は乗っていない。

シアトルで降りたら、軍医を乗せるよう今の内に手筈を整えなければならなかった。

「ちょっとみんな、休憩しないか？」

と最年長のディアス博士が提案した。

「何事も急ぎなのはわかるが、われわれは人間だ。コンピュータのようにはいかない。それに、この時間まで襲撃を受けていない場所が、この夕方攻撃を受けるとも思えない。最重要施設である原発は、平時でもそれなりの警備があることだし、東部の状況を知れば、さらに防備を固めたことだろう。ほんの二、三時間でも寝ようじゃないか。貨物デッキに三段ベッドがある。済まないがヴァイオレット、私も寝させてもらうよ」

「ええ。そうね……、有り難うサイモン」

ヴァイオレットの瞼は、もうとろんとしていた。バスケス中佐が無言のまま、「出ろ出ろ！」と皆に指示する。

コクピット直後に、操縦士用の寝床があるが、そこで寝かせるのは酷だとカーソン少佐は思った。あまりに煩い。カーソン少佐は、ヴァイオレットが車椅子で舟を漕ぐに任せ、枕とインフレータブル・マットを持って来させて膨らませ、床に敷き、ヴァイオレットを抱きかかえてそこに寝かせた。そしてブランケットを二枚掛けてやった。室内の温度を少しあげ、自分は、壁に寄りかかって足を伸ばした。

部屋を出るバスケス中佐に「三時間ね」と指で合図して腕組みした。

バスケス中佐は、ドアを閉めると、「四時間は起こすな」と下士官に命じた。まだ着陸する必要は無かったが、念のため、シアトルから飛び立った空中給油機とランデブーし、最初の空中給油を受けた。

大統領専用機は、まだアンドルーズ空軍基地に留まったまま。ＣＮＮもＦＯＸニュースも、時々、暗闇の基地をドローンで映し出し、エアフォース・ワンがまだ滑走路脇に留まっていること。つまり現大統領が、いまだホワイトハウスに立て籠もっている事実を淡々と報じ続けていた。


陸上自衛隊第３連隊第１中隊臨時空挺小隊の三〇名の隊員は、温泉スパというか、それなりの規模の合宿施設へと案内されて休んだ。おそらく大リーグか、プロ・バスケットボール、そういう金持ちスポーツのための施設だった。十分な数の乾燥機能付き洗濯機に、サウナ施設、まるでプールのような温泉。

サウナは当分ご免な気持ちだったが、戦闘服を丸ごと洗濯機に放り込んで風呂を浴び、疲れを癒やした。衛生隊員が現れ、火傷や負傷をチェックし、後には現地の医師も来て、聴診器を当てられた。熱気や煙のエアロゾルを吸っての肺の火傷を警戒するためで、小まめに熱を計るよう命じられた。それから寝た。

連隊長からは、明日の朝まで寝てろと命じられたが、アメリカは明らかにそれどころではなかった。テレビはずっと、ワシントンＤＣやニューヨークからのレポートを続けている。だが、誰も騒乱エリアには近づけないため、ほとんどがドローンからの空撮映像での取材だった。

ワシントンＤＣのそれは、ただ押し寄せる群衆の騒乱に見えたが、ニューヨークのそれは、略奪だ。略奪と強奪と破壊、そして放火だった。取材ヘリが飛び、マンハッタン島の上空からライトを当てて撮影していたが、暗闇の中で、マンハッタン島全体が、白煙に燻っているのがわかった。その白煙の下で、オレンジ色の炎が時々見える。

　まだ島内に留まり、携帯で助けを求める住民の声はあったが、為す術はなかった。マンハッタン島からの脱出者を救助するために、対岸とを結ぶ連絡船が何度も往復していたが、その船にすら、略奪品を担いだ連中が堂々と乗り込む有様だった。

　そしてモールの大虐殺では、数十名の警官隊と、その数倍の数のデモ隊が銃弾に倒れたらしいと報じられていたが、誰もその正確な数を把握していなかった。

　榊一尉と工藤曹長は、隊員たちには引き続き休養を命じたが、自分らは夕刻には原隊に復帰した。道中、通りかかったガソリン・スタンドには行列が出来ていた。太平洋沿岸部から避難して来た車も増えていた。

　ホワイトハウスに招かれて勲章を授与されるという話だったが、この状況下ではピンと来なかった。ホワイトハウスは群衆に包囲され、そこを守る海兵隊部隊は、いつまで持つかわからないとのことだった。いつもは大統領が乗り降りするホワイトハウスのヘリポートを使って、細々と兵員を送り込んでいるが、それも時々下から銃撃を受けて、安全ではないとのことだった。

　まだ明るい内に、12号線沿いの中隊指揮所に各小隊長が集められ、コスポーザ少佐による状況説明の場が設けられた。

「まず、東部の状況はわからない。暗くなり、停電もあって情報が入らなくなった。携帯基地局のバッテリーも深夜で切れるだろう。ここワシントン州の状況だが、ポートランドとシアトルで暴動や略奪が発生している。警察も州軍もまだコントロール下にあると宣言しているが、住民たちは、避難を開始している。街に電気があり、治安がそこそこ維持されているうちにと。ほとんどは、北へと走って国境越え、カナダのバンクーバーを目指しているが、ここも渋滞が激しいので、一部は山越えでヤキマや、少し北のエレンズバーグを目指している。ここは、もうしばらくは平和だろうと思う」

続いて、後藤一佐が口を開いた。

「それで、アメリカには、常時四〇万人もの日本人があちこちに暮らしているわけだが、彼らが取り残されることになる。邦人保護が必要になり、われわれはここに留まり、その命令を待つ。二機のC‐2輸送機は、そのままヤキマに留まり、われわれが乗り込み、その任務で飛ぶことになる。日本から整備部隊が追いかけてくるそうだ。インターネットがダウンする前に、全米の地図をダウンロードしている所だ。その前に、また任務をひとつクリアする。病院送りにされた仲間の仇討ちだ——。れいの山火事を起こしたロシアの部隊。恐らくは民間軍事会社の兵士だと思うが、奴らを捕縛する。続けてくれ、少佐」

「それで、敵はまだヤキマ周辺に留まっている。政府からは、ロシアの侵略行為を暴くために何としても生きたまま捕らえよと命令が出ている。FBIが、ロスアンゼルス支局から戦術チームを派遣してくれることになっていたが、あちらも状況が悪化し、シアトル支局も身動きが取れなくなったので、手持ちの戦力で捜索し、包囲し、仕掛けるなり説得して捕縛するしかない。全員を無事に逮捕する必要は無い。一人二人、口がきける状態で逮捕できれば良い。それでまた、君たちにお願いすることになった。

敵の編成は、車で迎えに来ていた者も含めると、確定している人数は八名ということになる。だが、その倍くらいは見込んだ方が良いだろう。FBI

の行動分析課が、彼らの潜伏場所に関して、アドバイスをくれた。地図を見てくれ……。

　彼らは最終的には、放火を繰り返しつつカナダ国境へと抜ける作戦だったろうから、ヤキマの市街地でも、やや北側に拠点を構えたはずだ。当初の計画では、昨夜の内に山を降り、エレンズバーグまで移動して、一日二日休養し、物資も補給してから、今度はシアトルに近い辺りでの作戦再開を目指したはずだ。だが、君たちの活躍で、車という足を失い、まだヤキマ周辺に留まっている。

　ＦＢＩの分析では、たぶん街中には近付いていない。目立つし、いざという時の脱出路の確保が難しい。恐らく山間部に近い、無人のコテージに忍び込んで警戒しているだろうとのことで、これは私も同意見だ。彼らも街中で銃撃戦を繰り広げるほど愚かではないだろう。そこで、地元警察と組んで、ローラー作戦を繰り広げる。南への脱出はないと判断して、この12号線での検問強化と、エレンズバーグへと抜ける82号線も警戒する。

　敵は作戦を成功したと判断し、このまま、われわれの包囲が解かれるまで大人しく潜伏するのでは？　とＦＢＩに質問したら、それは無いと判断された。この部隊の傾向として、滞留より行動を選択するそうだ。それで、ＦＢＩとわれわれとで、捜索範囲を七キロ四方に絞り込んだ。空き家を一軒一軒当たる。ドローンで偵察し、敵を刺激して誘い出す。君たちには、その捜索の援助と、検問所での警戒に当たってもらいたい」

　榊一尉が右手を挙げた。

「邦人避難民の救出任務はよいのですか？」

「二機のＣ‐2を同時運用するとしても、必要なのはせいぜい一個小隊だ」

　と権田二佐が説明した。

「私からも少し補足します」

とメモを取っていた土門二等書記官が口を開いた。

「早速、シアトルの邦人保護での輸送機の出動が検討されましたが、空港機能がまだ完全に維持されていることと、全米各地から避難してきたエアラインの旅客機が一時的に着陸したので、それに収容、日本まで飛んでもらうことにしました。目下の問題は、サンフランシスコやロスアンゼルスの邦人避難で、停電で、空港業務はすでに止まっています。自家発電装置で、レーダーと管制業務は続いているそうですが、邦人避難民がまだ空港まで辿り着けない。それらの問題が解決するまでは、輸送機も飛ばせません。東部の状況はさらに不透明です。南部は、テキサスが比較的安全そうなので、邦人には、状況を見極めつつどうにかしてダラスまで辿り着くよう連絡が回っています。ですので、状況は常に変化するものの、少なくとも明日のお昼頃までは、邦人避難として輸送機が飛ぶことはないだろうと考えています。なので、皆様は、ここでの任務に全力を注いで下さい」

「そんなわけでみんな、これは特殊作戦群向きの任務ではあるが、彼らはここにいないから仕方無い。地味で、根気のいる作業だ。地元警察と言っても彼らも避難民対応で忙しい。実際は、われわれだけでやることになる。避暑用のコテージと、地元住民の家をまず見分けなきゃならん。そして怪しげなコテージを一軒一軒訪ね歩き、まず遠方から確認、ドローンで接近。窓越しに暗視カメラで部屋の中を探る。ドローンのバッテリーで、一回の飛行で潰せるのはほんの数軒だろうし。とにかく、派手さはない。ただし、われわれがそうやって捜索活動していることを敵が知ったら、向こうから討って出てくることにも懸けてある。その時は、仲間の仇を取るぞ。

部隊長としての注意事項は、部隊を小分けしすぎるな。敵の兵力を最大二〇名足らずと想定した場合、こちらは分隊単位での捜索になるから、兵力として圧倒的に不利だ。その場合は、応戦せずに、隣接する味方部隊の到着を待て。であるからして、横の仲間、隣接する小隊同士の連絡を密にしろ。たがいに、隣接する味方部隊の位置をつねに把握して動け。隣接部隊の位置が不明な状況では迂闊に動くな。中隊指揮所でも、リアルタイムで君らの位置把握に努める。では解散だ。榊一尉と工藤曹長は残れ。君たちには別任務がある」

他の小隊長らが天幕を出て行くと、後藤連隊長は、天幕の壁に掛けた白地図の前に立って説明を始めた。

「メーカーからスキャン・イーグルが届いた。そのスキャン・イーグルは二機届いたのだが、ここではなく、特戦群本部で衛星経由で操縦される。住宅街ではなく、ルートを見張る。これは、コスポーザ少佐とパラトク捜査官の見解なのだが、敵は、放火が失敗したことを実はまだ知らない。実際に煙は上っているし、たぶん作戦は成功したと思っている。時間は掛かるが、それはいずれシアトルにも影響するだろうと。それで、敵は更に山岳地帯で放火を続けるだろうか？　ということらしい。西部でも、カリフォルニア州では騒乱が拡大している。シアトルでも暴動は発生しているが、まだまだ散発的だ。シアトルが、都市としてまだまだ治安維持できていることは腹立たしいだろう。そこに油を注ぐため、敵はシアトルへ向かうだろうと。

で、そのルートは主に二本だ。指揮所があるこの12号線は、ここから南へと直角に曲がっているが、西へ直進すると410号線。レーニア山の裾野、高度一七〇〇メートルまで上がってシアトルへと向かう。道は良いらしい。山岳ルートと思えないほど。そして、北からもう一本。エレンズバーグを経由してシアトルへ真っ直ぐ入る90号線。君らは、この90号線沿いの山岳部に阻止線を張ってもらいたい。シアトルから脱出する避難民はいても、逆走して街に入ろうという車は限られるだろう。判別はそう難しくない。街の近くでの撃ち合いを避けるための作戦だ。地元警察が協力し、怪しい車両を発見したら、道路封鎖して安全を確保する。陣地構築して備えろ。思う存分撃ちまくって良い。われわれも後で向かう。たぶん、ここより、90号線を走る可能性の方が高いそうだからな。まず現場に向かい、待ち伏せに適当なエリアを探し、土嚢を積んで陣地構築しろ。パラトク捜査官が同行する。敵は今夜中に動く。アメリカの大混乱を見て満足し、敵は油断していることだろう。そこに付け入る隙がある。軽装甲機動車を持って行け。指揮車両として貸してやる」

「有り難うございます。直ちに部隊を纏めて90号線へと向かいます。しかし、連隊長殿、これは法的に問題ないのですか？」

「気にするな。実は米本土で訓練中のＮＡＴＯ軍部隊も、治安維持任務ですでに出動している。悲しいことだが、この状況下では、米軍より、赤の他人のＮＡＴＯ軍部隊の方が信頼できるらしい。ということでよろしいですな？　書記官殿」

「はい。われわれが把握している所では、北米で活動中のロシア兵部隊と遭遇したのは自衛隊が初めてです。米軍もまだ遭遇していない。何としても、これを捕縛、それが不可能なら殲滅せよ、との官邸の命令です」

「というわけで、これは官邸案件だ。失敗は許されない」

「全力を尽くします！」

天幕を出ると、榊一尉は、「まず何が必要だろう？」と工藤に聞いた。

「その90号線、ここと同じで、片道二車線、十分な路側帯ありの広い道路です。そこに阻止線を張るとなると、それなりの土嚢袋が必要になる。自然保護区で立ち木を伐って積み上げて構わないなら別ですが……」

榊一尉は、パラトク捜査官に相談した。

「伐採済みの木なら、あちこちに積み上げてある。それでバリケードを作れます」とのことだった。

なら、必要なのはチェーンソーだ。パラトク捜査官は、コスポーザ少佐に、チェーンソーを確保するよう頼んで軽装甲機動車に乗り込んだ。

アビリーンのリブ・ステーキ屋は、たぶんいつもの夜より閑散としていた。店主の話でも、いつもの半分以下の客入りだそうだった。


テーブル席でパソコンを広げても、検視官事務所の客が多いので、特に何も言われなかった。そもそもが、チャン捜査官は、オープン・キャリーで、彼女の小柄な体格では、腰のホルスターは目立った。アライ刑事も腰のホルスターだ。もちろんホルスター以上に、目立つ様にバッジを腰のベルトに付けていた。

ジャレット捜査官は、ビールを大ジョッキで飲みながら、がっつくようにリブ・ステーキを食べている。チャン捜査官は、昼も夜も肉なんて……、という顔だったが、ジャレットは構わなかった。山盛りポテトに分厚い骨付き肉。それがテキサスだろう？　と。

「それで、DNAは採れそうか？」とトシローが聞いた。

「砂粒ほどの破片だったが、間違い無く皮膚片だ。ダラスのCSI本部に持ち帰らせたが、たぶんD

ＮＡが採れる。最近、重大犯罪の犯歴があれば、それで犯人の名前が出るだろうが、そんなに上手くはいかんだろう。犯人に辿り着いたら、過去のＤＮＡと照合できるということで、シリアル・キラーの犯行を証明するだけに過ぎない。レイプのあるなしは判断できないそうだ」

ジャレット捜査官は、バーカウンター奥のテレビを見ながら言った。全米が暗闇に包まれ、そして燃え上がっている感じだった。平穏なのはテキサスだけだ。

「テキサスは安全なのか？」

と父親が息子に聞いた。

「アビリーン警察の仲間に聞いた所では、ダラスに降りられなかった航空機が、二〇機ばかり降りてきたそうだよ。ほとんどは、富裕層のビジネス機。緊急事態を宣言して有無を言わせず着陸してきた。で、ホテルとかは当然埋まっているから、当局に、寝床を要求しているらしい。車での避難はどうだろう。ダラスからの脱出が始まっているという噂はあるけど、今の所、テキサス以上に安全な州はなさそうだから」

「正直、私は驚いているよ。あのテキサスが、今全米で一番安全だなんて」

とジャレットが言った。

「石油は湧いて出るし、今は電気もネットもあるけど、このどれか一つでも危うくなったらわからないですよ。どこも中南米の移民や難民が溢れていて、長期のテント暮らしを強いられ、しかも、薬物中毒者も多い。彼らがいつ暴徒と化して商店街を襲うかわからない。警察はパトロールの頻度を上げているし、州当局も、他所からの避難民より、今ここにいる移民の対処を優先するよう指示しているそうですから」

「チャン捜査官、肉を食え！　肉を」

チャン捜査官の前には、グリーンピースとコーンのサラダが置いてあった。

「肉は、一日一回で十分ですよね……」

チャンは、もう嫌な顔を隠そうとはしなかった。

「テキサスに来て、肉を食わないなんて失礼だろう。なあヘンリー？」

「そうですねぇ……」

とラップトップのキーボードを叩くアライ刑事は生返事した。

「サイトの七割がダウンしています。検索自体うまくいかない。今もテキサス州に事業者登録している建設会社はほんの三社。残る会社は、検索して一応、会社名が出てくる所もありますが、サイト自体にはアクセスできない。これは、平和というか、全米の電気が復旧するまで無理そうですね」

「そういう時にはな、NSAに頼むんだ。彼らは、世界中のインターネットの情報を日々、漏れなく収拾している。くだらんポルノ・サイトから、中国の解放軍兵士のSNSの呟きまで、差分ファイル込みで収拾し、ユタ州の砂漠地帯の広大なデータ・センターで保管している。かくかくしかじかの情報が欲しいのですが、閲覧許可を頂けないでしょうか？　プリーズ！　と付けて頼むんだ。そうすれば、プリントアウトしたペーパーが、翌朝、捜査官の自宅の玄関ドアの隙間から密かに差し入れられる……。という噂だ。この騒動で、どのくらいの日数で返事が来るかはわからんがな。やってみる価値はあるぞ」

「お願いして良いかな？」

とアライ刑事はチャン捜査官に聞いた。

「私が？　そういう知り合いはいませんけど？」

「フォーマットがあるよ。もちろんNSA宛とはどこにも書いてない。相手サーバーがダウン、もしくは消去された可能性のあるサイト情報の取得要請申請書だ」

「後で、検索してみます」

「FBIのサイト、落ちているよ。少なくとも国民向けのサイトは。ホワイトハウスのサイトも見られない。DCのお役所のサイトは全部見られない」

「トシロー、俺たちの時代が戻って来たぞ！」とジャレットが喜んだ。

「ああ。結構なことだね。捜査なんて足で稼ぐもんだ。若い連中は、ネットで楽をしすぎだよ」

遅い食事を終えると、アライ刑事は、父親を自宅へ、チャン捜査官をモーテルへ送り、最後に、ジャレット捜査官と共に、体育館の解体現場へと立ち寄った。

明日朝一からまた工事再開だとかで、すでに規制線のテープは撤去されていた。オデッセイを敷地内に入れ、マグライトを持ってその工事現場に立った。

「被害者の身元に繋がるような情報は出ましたか？」

「いや。何もない。ただ、歯列矯正の跡はあった。育ちは、それなりに良かったんだろう。彼女が生まれ育った時代は、南部はまだまだ人種差別が激しかったから、どこか他所からテキサスに流れ付いたのかも知れない。民間のデータベース会社に照会を掛ければ、DNAで遠い血縁者くらい出るかも知れない。ただ、このケースでは、身元がわかったからと、犯人に辿り着けるとは思えないが。ところでヘンリー、チャン捜査官をどう思う？」

「え？　どういう意味ですか？」

「鈍い奴だ。気付かないか？……」

「それはプロファイルの技術か何かですか？」

「いや、男の勘というか、ま、父親の眼だな。異性に注ぐ娘の視線や仕草を気にする父親の勘と同じだろう」

「でも、遠距離恋愛は失敗するんですよね?」

「何事もやってみなきゃわからんだろう。俺は、ウーバーでタクシーでも呼んでスウィートウォーターに帰る」

「六〇キロもあるのに?」

「じゃあ、アビリーン警察の開いた留置場ででも寝るさ。仕事の話がしたいとか何とか言ってモーテルに押しかけろ。チャンスは活かせ。無駄にするな。これも何かの縁だぞ」

「明日の朝、根掘り歯掘り取調べを受けるんですか?」

「そんな無粋なことはしない。私はプロファイラーだ。君の車の停め方一つで、起こったことはわかる。だから、俺の話はするんじゃないぞ」

　アライ刑事は、ジャレット捜査官をアビリーン警察まで送ってから、チャン捜査官が泊まるモーテルへと戻った。

　戸惑うチャン捜査官に、「たいした用件じゃないんだが……」とバツの悪い顔で切り出したが、結局、アライ刑事は、その夜、自宅には帰らなかった。

　アメリカは破壊し尽くされようとしていたが、テキサスには、まだ平和な時間が流れていた。


　榊小隊は、軍用トラック三台と軽装甲機動車を連ねて90号線を四〇キロも山岳部へと走った。街灯の類いは一切無いが、道はやたらと良い。所々片側三車線もあり、ここが内陸部とシアトルを結ぶ大幹線道路だとすぐわかる。ヘッドライトだけで十分スピードが出せた。

　だが、人家から離れて、かつ待ち伏せに相応しい場所というとまず見当たらなかった。待ち伏せ攻撃に必須な、視界が悪いカーブがまずない。道はだいたい上りだが、それでも速度が落ちるほどでもない。

視界を遮る林はそこいら中にあったが、それは敵にも味方にも役に立つ。

結局、高度七〇〇メートル、カチェス・レイクに近い緩斜面の道路を待ち伏せ場所とした。緩やかなカーブを曲がった後に、右手は崩落跡のある急斜面。落石防止のネットが掛かるほどの岩がむき出しの急斜面、というより崖で、まず隠れる場所もなく登ることも出来ない。

左手も急勾配の斜面で、こちらは林があるが、それほど深くはなく、身を隠せはするが、包囲すれば、そう長くは持たないだろう。

近くにロッジが何軒か立っていたが、ドローンで無人であることを確認した。問題は車両を阻止するためのバリケードだった。五キロ戻って、道路脇に倒木が積み上げられた場所まで戻り、人間が軍用トラックに担ぎ込めるだけのサイズと重量に、針葉樹の丸太を伐らねばならなかった。この作業が一番大変で時間が掛かった。

丸太が到着するまでの間、榊一尉と工藤曹長は道路際を歩きながら作戦を練った。

その間も、ひっきりなしにシアトル方向からマイカーが走って来る。この集団をいったん手前で停めるのも大変そうだったが、すでにパトカーが二台到着し、赤色灯が見えない場所まで先行していた。

「丸太を蹴り出して、まず不審車を停める。敵は、崖は登れないとすぐ気づき、車に留まるか、左側へ走り出して崖下へと転がるか選択しなきゃならない」

「あの崖の上に何人か登らせましょう。上から撃ち降ろせる。車のルーフも狙えます。そのネット伝いに登れば楽です」

「そうだね。でも一応、安全のために必ずカラビナとロープで確保するように命じて」

「はい。南側へと降りて来た敵は、前後から挟み撃ちして牽制。射線が交錯するので注意が必要ですが」

「問題の一つ。敵はたぶん一台じゃない。二台か三台に分乗してくるよね。車間距離をどのくらいとってくるかだ。二台で、一〇〇メートル以上の車間距離だと、逃げる隙を与えることになる」

「Uターンを阻止するために、蹴り出す丸太を何カ所かに事前に置く必要がありますね。それだけわれわれの配置も分散しますが。センターラインのコンクリートに沿って置けば、目立たない。蹴り出す訓練もさせましょう。手榴弾で牽制して敵を圧迫し、あわよくば白旗を掲げさせ……」

「そううまく行けば良いけどね」

「いざ敵が現れるまで、不確定要素を洗い出して潰しましょう」

「本当にこっちに来ると思う？　全体として、彼らの作戦も目論見も大成功している。血の一滴も流さず、アメリカは分断され、内戦状態なのに、まだ油を注ごうと出てくるかな。せめて一日、二日、サウナにでも入ってゆっくり休めば良い」

「自分がその部隊の指揮官ならやります。山に放火して回ったなんてのは、国に帰っても自慢できません。ただの放火魔ですからね。でも、敵の混乱に乗じて出撃し、さらにその混乱を拡大させてやったという話なら、昔の戦友も食いつくでしょう。飲みながら自慢できる。警察のローラー作戦に気付けば、街中での戦闘に懸けるより、彼らはとっとと出て来ますよ」

「ここに着くまで何時間くらい掛かると思う？」

「最短で三時間ですね」

「じゃあ、作業を急ごう！　時間があったら、いったん通行止めにし、実際に車を走らせて襲撃訓練もしよう」

本当にこっちに来るのか、榊一尉は、今も半信半疑だった。あのエリアからの脱出ルート自体、無数とは言わないまでも、五、六本はある。ここを通って最短距離でシアトルへ向かうという説明には、今一つ頷けなかった。


民間軍事会社〝ヴォストーク〟の兵士らは、ヤカマ川沿いの潰れた厩舎に潜んでいた。ほんの一マイルも走ると、米陸軍のトレーニング・エリアだ。

厩舎の屋根裏部屋から、離着陸する飛行機が綺麗に見える。ここから携帯式ミサイルを撃てば、十分に命中する距離だった。


アレクサンダー・オレグ伍長が、ドローン・センサーで耳を澄ませている。実際には、増幅されたトーンをイヤホンで聞いているだけだが。

「さっきより近付いてますね。徐々に近付いて来る感じです」

「こんなに風光明媚な場所なのに、なんでこの厩舎は潰れたんだろうな……」

「暑さのせいだ。馬は、暑さに弱い。暑すぎると餌も食わなくなる。ここもそろそろ、馬を育てるには難しい暑さになってきた」

とアメリカ人のマイク・ダンセットは言った。

「それも地球温暖化のせいだな」

「それは民主党がばらまくフェイク・ニュースだぞ。暑くなるのはたんに偶然だ。一〇年、一〇〇年の統計を取ってみれば、単に誤差に過ぎない」

「おっと、君らは、地球温暖化による気候変動を認めないんだったな。なぜわれわれに協力する？」

「敵の敵は味方だろう？」

「君は軍隊経験はあるんだよな？」

「ある。あまりに下らない任務で、一年で上官をぶん殴って不名誉除隊になった。だから公職にはもう就けない。共和党が政権を奪還すれば、状況も変わるだろうが」

「危ない奴なのか。でも大陪審じゃ負けただろう？」

「いや、この訴えは、始めた時から共和党の勝利は決まっていたんだ。ここから、国の最高裁へと上がる。ところが、最高裁は、共和党指名の判事の方が数で勝っている。仮に、一人が裏切っても、結果は見えている。だから民主党のバカどもは怒っているのさ。出来レースの大陪審だったと。でもそれを言うなら、大統領選挙自体が出来レースだぞ？　始めから、民主党が勝つように巧妙に仕組まれていた。投票箱を差し替え、カウントをちょろまかした。壮大なスケールの誤魔化しが国中で繰り広げられた」

やれやれ……。こんなアホな陰謀論者に部隊の命を預けて大丈夫かとゲンナジー・キリレンコ大尉は一瞬思った。だが、車を手配してここまで来てくれたのは彼らだけだ。その辺りの段取りは問題無かった。

「よし行こう！　すまないが、川沿いのキャニオン・ロードを走ることになる。その名の通りで、曲がりくねって速度は出ないし揺れるぞ。だが、敵は警戒していない。運んでいるのが競走馬だと知れば、荷台を開けろとも言えない。もし事故でも起これば、何百万ドルもの慰謝料を求められるからな。武器を届けて、向こうの仲間と合流して一暴れする。お高く止まった〝ウォーク〟どもが支配するシアトルを火の海にしてやる！」

　川沿いの曲がりくねった821号線を走り、エレンズバーグに入る手前の90号線とのインター手前で初めて検問に遭遇したが、それがホース・トラックだとわかると、荷台も開けさせずに「行ってくれ」ということになった。

　だが、いかんせんその8輪車は大きくて目立った。エレンズバーグに入る前から、スキャン・イーグルが追跡を開始し、その前の映像データから、そのホース・トラックが、去年潰れたばかりの厩舎を出たことがわかった。


　そのホース・トラックが、榊小隊への阻止線に到着するまで、榊小隊はすでに二回、怪しげなトラックや乗用車を停めていたが、その度に、訓練だと割り切っていた。

　空振りは、命中打のための貴重な訓練だと、榊は自分に言い聞かせた。


　ホース・トラックは、荷台の横に競走馬のイラストが描かれていて、積み荷は馬だと早くから認識されていた。ただ、潰れた厩舎から出て来たのと、こんな時間帯に走っているのが不思議なだけだ。

　榊は、シアトル側二キロ手前で、下りの避難民の車列をまず止めさせた。

　それから、ＡＴＦ、アルコール・タバコ・火器及び爆発物取締局のナンシー・パラトク捜査官とともに路上に立った。

　阻止用の丸太がまた転がされる。

「それで、このサイズのトラックを止めるのは初めてよね」

「問題ありません。赤色灯を振り、十分な距離を取ってドライバーに警告を与えて荷台を開けさせれば良いんです。アメリカ人もだいたい右利きだ。左ハンドルのアメリカで、右利きの人間が銃を構えて窓から身を乗り出して外の人間を撃ってもまず当たらない。姿勢が不自然になるから。その隙にわれわれが狙撃します」

「もし左利きだったら？」

「その場合は、銃をどこに置いておくかですね。助手席なら、その動作には時間が掛かる。右手で銃を取り、左手に持ち替えて――。やはり狙撃するだけの十分な時間が生まれます」

　榊は脇に退いて、パラトク捜査官を一人にした。すぐ隣の路側帯には、軽装甲機動車が止めてある。

　ホース・トラックが減速すると、パラトク捜査官は、「両手をハンドルの上に！」とジェスチャーで合図した。と同時に、軽装甲機動車がヘッドライトを点し、運転席を照らした。

　ダンセットは即座に身を屈め、ダッシュボートに隠したコルト・パイソンを出した。彼は、姿勢はお構いなしだった。そのままフロントガラス越しに右手で引き金を引いた。フロントガラスに孔を開け、そこから撃ちまくるつもりだった。

　パラトク捜査官が、ヘッドライトを一瞬反射した銃口に気付いて、横飛びして避けた。

　ダンセットは、一発は発射することが出来たが、二発目は無理だった。狙撃銃を含む三方向から一斉射撃を喰らって絶命した。

　すると、次の瞬間、荷台のハッチが開いて、武装した男達が飛び出してきた。

　不運なことに、彼らは、山側がとても登れそうにない急斜面であることを知らなかった。ひとまず車体の影に隠れるしかなかった。

　隠れて発砲を始めたが、敵が崖の上から撃ち降ろしてくる。たちまち四人が、何らかの行動不能な重傷を負った。残りが、反対側の斜面へと転がり落ちていく。

　ここもそれなりの急斜面だったが、林の中へと続いている分はましだった。少なくとも遮蔽物がある。

だが敵は、それも想定済みだった。崖の上から容赦無く撃ち降ろしてくる。

キリレンコ大尉は、一発も撃たずに、ひたすら頭を低く抑えて林の中を匍匐前進した。待ち伏せ攻撃に応戦するのは愚かなことだった。

誰か間抜けな兵士が発砲して的になっている間、枝を揺らさないよう移動し、ここから離れるのが最優先だ。

だが、暗視ゴーグルを持つ敵は、こちらの気配がわかるのか、時々曳光弾が頭上を飛んだ。照明弾が上がらないだけましだと思った。さほど深い林というか森ではない。樹はスカスカだ。夜目に慣れてくると星空で周囲も見える。だが、近付いて来る相手は見えなかった。

「ワシリーか？」

「はい。大尉殿は相変わらず、こういう時の逃げっぷりは見事ですね」

「ああ。生き残るのが最優先だぞ。オレグ伍長は見たか？」

「自分の後ろに！」

「よし。救えない者は仕方無い。三人で脱出しよう」

キリレンコ大尉は、明後日の方角、なるべく遠くに手榴弾を一個投じて敵の注意を引いた。その隙に、立ち上がり、上半身を低く屈めて一気に走った。

榊大尉は、銃撃戦が収まった後も、しばらくは動くなと命じた。トラック脇に横たわる男たちは、血の海で呻いているが、近付くつもりはなかった。ブービー・トラップで自決でもされたらかなわない。

パトカーが走って来て、自衛隊員が銃口を向けて威嚇する中、負傷者に近付き、安全を確保してから彼らを捕縛した。

すでに息絶えた者、たぶん助からないだろう者など様々で、助かりそうな人間は一人しかいなかった。明らかにアメリカ人だ。脇腹と、太ももをアサルトの弾がぶち抜いている。

近くには、彼らが持っていたM‐4カービンが転がっていた。

荷台が無人であることを確認したが、上がるようなことはしなかった。これもブービー・トラップの確認が優先する。そして、崖下へと移動した。ヘッドランプを点け、倒した敵の数をカウントしていく。あるいは負傷者を。

ほとんどは助かりそうになかったが、何人か、軽症で戦闘意欲を喪失したらしい者がいた。

「曹長、この数はどうだろうね……」

「はい。路上で四人、下で五人を確認しました。合計九人。今朝方、確認できた総数が最低八人。しかも、ここで死んでいる何人かはアメリカ人らしいとなると……」

「何人か逃げたな。たぶん二、三人は。ところで、アメリカ人とロシア人て、どう見た目で区別するの？」

「装備や着ているもので、なんとなく区別できますよね」

救急車が到着するまでしばらく時間が掛かったが、重症者一名と、軽症者一名はロシア兵らしいとわかった。わかった理由は、首に提げていたロシア語表記のドグタグだった。アメリカ人は一人もドグタグの着用はなかった。

それから、榊は荷台の後ろに立ち、マグライトで中を照らし出した。ペットボトルが床に転がり、大型のザックがいくつも放置されている。

「パラトク捜査官、これはＡＴＦの貴方の専門だと思いますが……」

「たぶん、ブービー・トラップがあちこち仕掛けられていますよね。れいの山火事用の発火物も。それに備えて回収するとなると、このままトラックごとヤキマの軍施設まで運び、陸軍なり、ＡＴＦの爆発物処理班に任せましょう。たぶん、宝の山よ、これ……」

「だと良いですね。入っているのが、食い物と地図だけでないことを祈ります。でも、捜査官が無傷で良かった」

「誰かに撃たれるなんて経験、二度とご免ですけどね。でも、大尉殿の部隊も、けが人が出なくて良かったわ」

作戦は、負傷者も出さずに成功と判断された。何しろ、彼らの装備をほぼ全て回収し、未使用の時限式発火装置も押収できれば、口がきける状態の捕虜も確保できた。ロシア人もいれば、アメリカ人捕虜もいた。ちょっと手荒なことをする機関に預ければ、いずれ口を割るだろう。

陰謀の全容解明に大きく前進することが出来る。ようやく通行止めが解除される頃、駆けつけた後藤隊長は、榊一尉を労いはしたが、「困ったな……」という顔もした。

「小隊長さんよ、こんな幸運はいつまでも続かないぞ」

「はい、連隊長！　引き続き気を引き締めて任務を続けます」

だが榊は、胸の内で別の思いを抱いていた。これは、自分たちが部隊一丸となって汗を掻き、知恵を出して努力した結果であると。

「曹長、幸運の女神って信じるかい？」

「いるでしょうね。パラトク捜査官か、それとも、あの書記官殿か。でも、今回は、備えることが出来たのは事実です。卑下することはない。われわれはやるべきことをやり、結果を出しました」

「僕もそう思っているけれど、正直、早く特戦群と交替したい。いくら幸運だと言っても、いつか死者は出る。彼らみたいにね……」

　死体袋に包まれた敵の遺体が、まとめてトラックに載せられてヤキマ方向へと走って行く。ひとつミスすれば、自分たちが、ああなっていたかも知れないのだ。

第七章　父と娘

　エネルギー省、終末の日空中指揮機（ドゥームズデイ・プレーン）〝イカロス〟の静音会議室で、レベッカ・カーソン海軍少佐は、FA‐18戦闘機で空母から発進する夢を見ていた。機体が気流で揺れる時、そんな感覚を味わった。

　このサイレント・ルームは、それほど静かだった。複雑な構造を持つダクトを通って送り込まれるエアコンの空気の音も異様に静かだった。緑色の非常灯が微かにドアの下で光っている他は、どこが天井でどこが床かもわからない。空中に浮かんでいるかのような錯覚を受ける。

　だが、ドアが開けられた途端に、凄まじいエンジン音で眼が覚め、さらに天井のＬＥＤライトが点されたことで、はっきりと眼が覚めた。

　インフレータブル・マットレスの上で寝ている彼女の上司も、轟音で眼が覚めた様子だった。

　テリー・バスケス空軍中佐が、「お早うございます。ただいまコーヒーを淹れさせます」と告げた。

「あら……、あたし寝ちゃったの……」

　とヴァイオレットが起き上がろうとしたので、カーソン少佐は手を貸してやった。重たい義手を外して寝かせるべきだったが、彼女にとって、それはもう身体の一部だったらしい。レベッカは、壁の時計を見遣った。

東部時刻、西部時刻、ハワイ、東京、そして東はロンドン時刻が表示されている。

バスケス中佐は、気を利かせて四時間も眠らせてくれたらしい。

「世界は消えてないわよね？」

ヴァイオレットは、自分の力で起きようとしたが、床から片手で支えて起き上がるのは少し大変そうで、カーソンが後ろから両脇を抱えて起こして車椅子に座らせてやった。

「この四時間は、幸い良いニュースが中心でした。まず、ホワイトハウスに、イギリスから救援部隊が到着しました」

「イギリス？　どこかで訓練中だったの？」

「いえ。英国本土からC‐17輸送機でロイヤル・マリーンの一個中隊が到着しました。まだ後続も来る様子です。それと、これも良いニュースですが、ワシントン州のレーニア山の近くで、シアトルへと向かっていたロシアの民間軍事会社部隊と自衛隊が交戦し、ほぼ自衛隊側の圧勝で終わり、捕虜を取りました。喋れる状態の捕虜です。アメリカの陰謀論者たちの支援も受けていたようです」

「で、何か喋ったの？」

「それはまだ。装備も回収できました。ひとまず、捕虜も含めてヤキマの陸軍基地に運ぶようです」

「悪いニュースも当然あるのよね？」

「はい。残念ながら。中国海軍の空母二隻が、引き続き、西海岸へ接近しつつあります。公海上のことなので、止める術がありません」

「それはしばらくは忘れましょう。レベッカ、NSA本部の、暗号名〝バンディッツ〟を呼び出して頂戴。秘話回線で話したいと」

「はい。直ちに――」

とカーソン少佐が会議室を出て行った。

バスケス中佐が、コーヒーのマグカップをヴァイオレットのやや右側に置いた。

「お食事はいかがなさいますか？　ビスケットの類いしかありませんが……」

「みんなは何を食べているの？」

「保存食のビスケットです。全搭乗員の一週間分くらいのカロリー摂取は間に合います」

「シアトルに降りたら、ホットミールが食べられるの？」

「もう無理だと思います。シアトルでは、ピザの宅配も止まったということなので。残念ながら、暴動が発生していない地域のスーパーの棚も見事に空だそうです。空軍基地に降りて、軍の保存食を調達することも考えましたが、それ自体が軍の中で奪い合いになっている様子でして」

「この機体、いったい何人乗っているのよ？」

「エネルギー省、パイロット・クルーの交代要員、軍関係者含めて六〇名ほどだと思います」

「その六〇名分の、ピザすら確保できないの？　全米中飛び回って？」

「はい。比較的安全だとされるテキサスのニュースも確認しましたが、安全確保のため、ウーバーの配達も夜間は中止。スーパーも空です。近隣州からの避難民の殺到が予想されるので、皆買いだめに走った模様です」

「では、イギリス軍にサンドウィッチの配達を頼むか、カナダ国境を越えて、どこかに着陸する？」

「バンクーバーも似たような状況らしいです。シアトルからの避難民殺到が原因です。やむを得ません。今は戦時だと割り切るしかない」

「貴方たち軍人はね。手に入るかどうかわからないけれど、宛がある。ヤキマへ降りられるかどうか検討して下さい。その捕虜の尋問もしてみたいし」

「わかりました。ヤキマならシアトルも近い。整備を名目に、ついでに立ち寄れます」

カーソン少佐が戻ってきて、ヘッドセットをヴァイオレットに被らせると、卓上電話と繋いで赤いボタンを押してスピーカーホンにした。

「バンディッツ、こちらはM・Aよ」

「M・A、久しぶりじゃないですか？　貴方はこういう時しか僕を呼び出さない」

「ご免なさい。私の提案は届いている？」

「それ、先週もじっくり検討したんですけどね、プログラムの作成に時間が掛かるから諦めた」

「そのための生成AIでしょう。貴方ですら一週間掛かる作業を一〇分でやってのける。何が嫌なのよ？」

「成功するかどうかわかりません。失敗したら、それが原因でハングアップするかも知れない」

「状況はどうなのよ？」

「酷いですね。今、テキサスが集中攻撃を受けています。なんとかデコイで誤魔化していますが、もって一週間、あるいは三日でしょう。片っ端からノードを閉じているが、インターネット上には、星の数ほどのノードやポートがある。全部は閉じられない」

「ではやるしかないわ。テキサスという最後に残った砦だけは、守り抜かないと」

「わかりました。でも安全かどうか検証するのに、時間が掛かりますよ？」

「承知しています。けれど、もし敵が最後の防壁を突破しそうなら、不確かな自前のプログラムを走らせて自滅するか、敵に明け渡すかの選択になりますから」

「わかっている。M・Aの下で働くと、いつも綱渡りだ」

「貴方はそれに相応しい曲芸師よ。当てにしているわ。M・Aアウト――」

電話を切ると、ヴァイオレットは、ようやくコーヒーに唇を付けた。

「レベッカ、貴方、何か食べた？」

「いえ。今朝から、何にも食べて無いですね、そう言えば。ビスケットを貰ってきますか？　まともな食料は手に入らないそうですから」

「いえ。もう少し、水物で我慢しなさい。それなりの食料を手に入れてあげるから」

「それは楽しみです」

「さあ。じゃあ、みんなを起こして連れて来て。会議の続きをしましょう。ところで中佐、まだ夜なのよね？」

バスケス中佐は、モニターを点けて、垂直尾翼の付け根付近に据え付けられた外部カメラの映像を映し出した。

「カラーだと真っ暗闇ですね……。赤外線モードにしましょう」

真っ先に、機体を守って前方上空を飛ぶ戦闘機の姿が見えてきた。機種までは判別できない。そして、右手前方に、ほぼ同じ速度で飛ぶ民航機がいた。エンジンが後ろに付いたリア・ジェットだ。

「あれはどこの飛行機なの？」

「身内の機体です。事実上エネルギー省傘下にある国家核安全保障局（NNSA）のDC‐9です。あれには、ソーサラー・ブルーが乗っているはずです」

「われわれと一緒に飛んでいるの？」

「いえ。そうではなく、アイダホの海軍原子力研究施設へ向かっている途中です。誰かをそこで降ろすか、乗せるかするのでしょう」

「NSAって組織も、とんでもなく巨大で底なし沼な組織だったけれど、ここも同じね」

「そうですね。そう思います。エネルギー省こそ、伏魔殿です」

「彼、あとでブツブツ言うわよ。エネルギー省プロパーの自分はこんな古くて小さな機体なのに、どうして腰掛けのヴァイオレットが、あんな良い機体に乗っているんだと」

「でも彼ら、二〇カ国語を母語同様に話せないし、エネルギー省が出している公文書二〇年分を記憶したりできるような特技はありませんからね」

　エネルギー省主任技師のサイモン・ディアス博士が入って来て着席すると、下士官がメモを彼に差し出した。

　ディアス博士は、全員が席に就くのを待ってから、もう一度、そのペーパーに視線を落とした。

「みんな、テキサス州の人口を知っているかね。ざっくり三千万のはずだ。今、最新の数字が手元に届いた。全米で、電気が利用出来ている人口の推計だ。六千万だそうだ」

　皆が付くため息も、この静音ルームでは良く聴き取れた。

「つまり、全米の総人口の八割は、今暗闇の中で過ごしている。頑張って復旧しよう！」

　エネルギー省のドゥームズデイ・プレーンは、旋回を止め、一路西へコースを取った。


　陸上自衛隊・第一空挺団・第四〇三本部管理中隊付き、その実特殊作戦群隷下の特殊部隊〝サイレント・コア〟を率いる土門康平（どもんこうへい）陸将補は、C-2輸送機の中に固定された都市部展開汎用指揮通信車〝エイミー〟のキャビンにいた。

　部下のガルこと待田晴郎（まちだはるお）一曹が、21インチ・モニターにスキャン・イーグルの画像を出している。

　スキャン・イーグルの映像は真っ暗だった。下は深い森だ。

「見えているんだろうな？」

「問題ありません。時々ロストしますが、向かっている先はわかっていますから」

「レーニア山、登ったことある?」

「ええ。訓練でヤキマへ行く時は、いつもグループで登ってますよ。北アルプスとは全然違いますね。彼ら、自分たちの居場所は把握しているみたいです。このルートで、夜明け前にトレイルに出て、そのまま街へと出る予定でしょう」

「死んだのも、捕虜も、下っ端らしいとのことだ。連中が指揮官だろう。見逃すな」

部隊ナンバー2の姜彩夏二佐が、スライド・ドアを開けて顔を出した。

「お呼びですか?」

「ああ。君の所の新人女性隊員だが、空挺降下の訓練はどのくらいこなした?」

「夜間降下以外のことならすでに問題はありません。全員、二〇本は降りてますから」

「二〇本か。微妙な本数だな……。タンデムで降りてもらっても良いが」

「その必要は無いでしょう。何事にも初体験はあります」

「うん。レーニア山周辺で、放火しまくった奴らの残党を追っているが、まもなくトレイル上に出るだろう。君ら、偽装のための普段着も持っているよな? 女性隊員二名を含む一個分隊で降下し、彼らを待ち受け、捕縛もしくは殲滅しろ」

「地元警察なり、州兵に任せればよろしいかと思いますが?」

「彼らはこれからますますそれどころじゃなくなる。そんな余裕はないだろう」

車の外でアラームが鳴った。

「機体が揺れる。全員何かにつかまれ」と機長の声だった。

待田が、コクピットの赤外線画像に切り替えた。

窓の外に、戦闘機の影が見えていた。

52-99

「近いな!……」

　ミサイルを抱いた戦闘機が、腹を見せてほぼコクピットの真上上空を飛んでいるが、相対距離は一〇〇メートルもなさそうだった。

「あれ、フランカーか?　ロシア軍、こんな所まで飛んで来られたか?」

「無理ですね。あれは、解放軍の空母艦載機、フランカー擬きのJ‐11戦闘機です」

「マジか!　こんな西海岸沿岸を中国の戦闘機が飛ぶ時代になったのか?」

「はい。中国海軍の空母二隻が展開していますから」

　戦闘機が、エルロン・ロールを打ってC‐2輸送機の下へと消えていった。直後、乱気流が起こって、C‐2は酷く揺れた。

「あいつらめ!　空の礼儀作法も知らん。味方はいないのか?　米海軍の戦闘機はどこかにいないのか……」

「一応、海自の〝かが〟はハワイ沖で訓練中でした。向かってはいると思いますが」

「ええと、それで何の話だったたっけ?」と姜二佐に聞いた。

「潜入工作員への対処です」

「ああ、そうだった。もしまたアメリカ人の出迎えがあるようなら、相手をする必要は無い。残念だがやり過ごしても構わない。尾行の必要も無い」

「了解です。降下の準備をします」

　姜二佐がドアを締めて出て行くと、いくぶん静かになった。そして待田が、もう一機のスキャン・イーグルの映像に切り替えた。

「あらら……。あっという間だなぁ。第3連隊は気付いている様子はないぞ。どうするんだ?　あれ、ただの陰謀論者の寄せ集めだろう?　なんでこんなに素早く動けるんだ」

「最近は、低軌道衛星利用の衛星携帯をスマホ代わりに使うユーザーが増えましたからね。とりわけワシントン州のような山がちな所では、個人が持っていても全然おかしくない。電気が止まろうが、携帯基地局のバッテリーが上がろうがお構いなしですよ。彼ら、太陽光パネルも持ち歩いて、充電もばっちりですから」

「〝エイミー〟、空中投下も出来るんだよな？」

「問題ありません。ＧＰＳ誘導で、路上にピタリと降ろせます」

「ヤキマまで真っ直ぐ降りられると思ったが……。第二番機の原田に、仕事だと呼び出せ。それと、第3連隊には、車列をどこかに隠してただちに防御隊形を採れと」

「それ、同盟国の住民を撃つことになりますよ？」

「民主主義国で、選挙を盗まれた！　と喚き散らす奴らだぞ。多少数を減らしても文句はないだろう。どこか味方が隠れられる場所があるだろう」

「いえ。もう市街地に入ります。そう便利な場所は……」

「ほら、ここ、真っ直ぐな線が走っているが、空港か何かじゃないか……。森の中にあるぞ。両サイドはやたら綺麗に開けているが、廐舎だな」

　土門が気付くと、待田は、タブレット端末で検索し、その場所をズームした。

「ありますね。クレ・エラム市営空港です。滑走路長は二三七九フィート、つまり七〇〇メートルだから、燃料も減り、荷物を降ろしたＣ‐２なら十分離着陸できます」

「急げ！　車列を空港に向かわせ、一時森の中に隠れさせろ。援軍が到着するまで自給せよと。だいたい、なんで連隊指揮所は気付かないんだ？

前後を包囲されていることに。念のため、原田小隊は、空港周辺に空挺降下だ。降下エリアを選定しろ。一番機は、姜小隊の分隊を降ろした後に向かう」

二機のC－2輸送機と一機のKC－767空中給油機は、ヤキマへ直行するコースを取っていたが、給油機だけヤキマへ降ろすことにした。

軽装甲機動車でヤキマへと向かっていた榊一尉は、先行した救急車が戻って来たことに奇異な印象を受けた。だが、何か別な急病人で出動した救急車だろうと思い直したが、続いて、パトカーも引き返して来たことで、状況がおかしいことに気付いた。

車列が減速し、遂に止まる。

RG－33装輪装甲車に乗っていた後藤一佐と土門書記官が降りてきた。

「包囲されている！――」

「え？　包囲？　どこの誰に？」

「いきりたった住民らだ。俺たちのことを侵略に来た中国兵だと思っている」

「そりゃまあ、中国人と日本人の区別は出来ないでしょうから。ちゃんと説明すればわかりますよ。〝L〟と〝R〟の発音が出来ないのが日本人だって」

「とにかく、いったん引き返す。たった今、どこかのインターを通り過ぎただろう。そこで降りて北側へ走れば市営空港があるそうだ。そこにひとまず隠れて立て籠もれと」

この辺りは、飛行学校も多く、大小無数の滑走路がある。ここの市営空港は、中でもまともな方だ。

「誰が避難しろと言ってくるんですか？」

「とにかく急げ！　東からくる連中は数は知れて

いるらしいが、バリケードを張って、俺たちを通す気は無いらしい。シアトル方向からやってくる奴らは、ピックアップ・トラックの荷台に重機関銃を搭載してる。拙い事態だぞ。君の幸運も長続きしなかったな……」

死体を積んだ軍用トラックや、敵の荷物を積んだままのホース・トラックがUターンし始めていた。

ＲＧ‐33の銃手用ルーフから土門書記官が身を乗り出し、ＬＥＤライトを振り回して「付いて来て！」と合図していた。

「こんな所に、空港があったっけ？」と榊一尉は助手席の工藤曹長に尋ねた。

「ありましたね。空港と言うほどじゃない。ただ、滑走路一本だけです。スキャン・イーグルで見下ろした所では、状態はよさそうだった。ここは舗装が剝げた滑走路とか無数にありますから。ここに多いのは、飛行場と厩舎ですね。公営厩舎も、この近くにありましたよ」

と工藤は助手席から答えた。

「われわれ、解放軍と勘違いされているのか……」

「地球は、本当は平面で、太平洋の先にあるのはハワイや日本じゃ無く、切り立った滝だと大真面目に信じているような連中ですよ。理屈と絆創膏はどこにでもくっつくって奴です。われわれが本当は誰かなんてどうでもいいんですよ。彼らの邪魔をするのはみんな敵ですから」

「彼ら、重機関銃とか持っているとしたら、ＲＰＧとか出て来なきゃ良いけれど。でもさ、持久して時間を稼いだ所で、助けなんて来ないよね」

「どこかから戦闘機や武装ヘリとか飛んで来るかも知れませんよ」

「それは無いと思うよ。これまでだって無かったじゃん。この二四時間、米陸軍の汎用ヘリ一機だって見なかった」

市営飛行場に着くと、榊はまず、滑走路際に近い、空港へ入る一本道に、余った丸太でバリケードを作らせた。管制塔はないが、小型機用のハンガーは何棟か建っている。

ハンガーの壁は薄そうで、ここに立て籠もるのが良いアイディアとは思えなかった。作戦を練っていると、衛星携帯を持った土門書記官が「こっち側に隊員を残すな――、だそうです。滑走路を渡った反対側の森へ小径が走っているので、パトカーと救急車はひとまずそちらへ隠せ。隊員は、東西幅七〇〇メートルの阻止線を構築して、滑走路北側に防御陣地を構築せよ！　ただし時間はないぞと」

「誰が命じているんですか！」

「さあ。でも、従った方が良いと思います。滑走路西端に、その小径へと出る空間が見えます。車両は全部そっちへ入れろと」

上空を、見慣れないドローンが横切った。固定翼タイプだが、自衛隊のものではなかった。

「急ぎましょう！」と工藤が急かした。

「よーし！　全員、滑走路の向こう側の林に入り、各自防御陣地を造れ。これより暗視照明、暗視ゴーグルを使用せよ。立ち木を盾に、地面を掘って弾避けと銃座を作れ！　時間はないぞ。敵はすぐやってくる」

榊も走って、滑走路を横切った。滑走路自体は、良く整備されているようだった。ひび割れも見えなかった。

「連隊長！　書記官や警察関係者、消防隊員を連れて、小径に隠れて下さい。その装甲車を盾にすればしばらくは持つでしょう」

「そうはいかん。死ぬ時は一緒だ！」

「では、西端の指揮を執って下さい」

　全員で地面を掘り返し始めた。幸い、ここの地面はそう固くはなかった。

「敵はどこから来ると思う?」

「正面はさすがに囮にするしかないでしょうね」

「小隊長殿!──」

　と再び土門が呼びかけた。

「敵は、正面突破を図りつつ、本隊は、空港西端手前の、森が薄い所から突破してくる。だから、武器は、滑走路西側により重点配置すべし! だそうです」

「了解したと伝えて下さい。曹長。ミニミを二挺、滑走路西端に配置してくれ」

「こちらが手薄になりますが良いですね?」

「構わない。ここはアサルトと狙撃で支える」

　ここから、滑走路を挟んで丸太を置いた場所まで三〇〇メートルもない。アサルトで狙撃できる距離だ。

　榊は、二組の狙撃手の配置を指示した。互いをカバーし合える位置関係で配置した。

「全員、重機関銃は確実に潰せ。全力で潰せ! アサルトの類いは構うな。狙撃されたら慎重に動いて狙撃手を探せ。優先順位は、重機関銃、狙撃兵だ。あとはどうでも良いぞ。素人のアサルトなんてそう当たるものじゃない」

　隊員らは、弾避け兼銃座をまだ掘っていたが、敵は、ピックアップ・トラックの荷台から重機関銃を乱射しながら現れた。

「書記官! 地面に伏せて。その木の根元に伏せて、顔面を地面に擦りつけるくらいに」

　銃弾が森の中を切り裂いていく。だが、一瞬だった。東端に配置した狙撃手が発砲し、一瞬で沈黙させた。しかし、そのピックアップ・トラックを盾にして、新手が突っ込んでくる。

敵は、林や建物の影に隠れて発砲し始めた。彼らもアサルト・ライフルだ。

「狙撃手の発砲音を掻き消すぞ。三、二、一！――」

全員で応射する。狙って撃っているわけではない。その隙に、味方の発砲音に紛れて狙撃手が発砲するのだ。そうすることで、狙撃手の存在を隠蔽できる。

ピックアップ・トラックの荷台に誰かが上ってまた重機関銃を撃とうとしていた。それを全員で阻止する。だが、敵は東側にも展開しつつあった。

そして遂に、森の中からロケット弾を撃ってきた。ものは何かはわからない。RPGなのか、M72の類いなのか。立ち木に命中して爆発した。誰かが負傷したらしく、うめき声が聞こえてくる。

「メディック！　衛生隊員はいないかッ！　書記官殿は大丈夫ですか？」

「気にしないで下さい。撃ちまくれ！　と言ってます！」

「間もなくマガジンが尽きると伝えて下さい！　クソッ、いったい俺たちは誰と戦って死ぬんだ……」

滑走路東端からピックアップ・トラックが突っ込んでくる。このサイズの車を止めるのはことだ。何十発も叩き込むしかない。エンジンはそう壊れないし、最近は、この手の民間車までランフラット・タイヤだ。空気が抜けてもなかなかタイヤは潰れない。

敵は、障害物として車を突っ込ませて、それを盾に近付こうとしていた。手練れな指揮官に率いられている。

「援護してくれ！――」

榊一尉は、森の中から飛び出すと、膝撃ち姿勢で、運転席をめがけて20式小銃を連射した。荷台の銃架の銃身がこちらへ向こうとしていた。自分の弾が運転席に命中するのはわかったが、ピックアップ・トラックは、そのまま滑走路を横断して突っ込んできてこちら側の林の中でようやく止まった。荷台に乗っていた男が、宙に舞って立ち木に激突した。

「誰か、あの荷台の重機関銃を奪え！」

　またロケット弾が炸裂する。せめて味方に擲弾発射基の一つもあれば……。

「書記官殿、パラトク捜査官を連れて、ここから下がって下さい。山側へ避難して、明るくなったら、迂回してどこかに出れば……」

「ええ。でもこの状況では、立ち上がって後退するのも危険です。援軍を待ちましょう」

「そんなもの来ませんよ！　全員、連射を止め、単発射撃で弾を温存しろ！」

　こちらが弾不足だということはすぐ敵にばれた。一層、攻撃が激しくなる。あちこちに敵というか、アメリカ人の死体が転がっていたが、皆民間人だ。どうかしていると思った。

「曹長、弾は？」

「最後のマガジンを突っ込みました。しかし、まだピストルもあります」

「こっちも同様だ。死ぬ時は、魚釣島（うおつりじま）や台湾のどこかの波打ち際だろうと思っていた。解放軍と戦って。まさか、アメリカで、アメリカの市民と撃ちまくって最期を迎えるなんて、人生はわかんないもんだね」

「同感です。ホワイトハウスで大統領と記念写真くらい撮りたかったですね。いつか、孫に自慢できたのに」

「そうだな。有り難う。今の内に言っておくよ。世話になった！」

「こちらこそ。貴方は幕僚長出世が約束された人だったのに、守り切れなかった」

「一時間後の自分の窮地も予感できないのに、三〇年後なんてね……」

「小隊長さん、こんな時に申し訳無いけど、援護射撃が欲しいそうです」

と土門が言った。

「どこの誰がです？」

「空から、騎兵隊が降りて来ます。その瞬間、援護射撃が欲しい。弾がなくなっても構わないからと」

「騎兵隊？　味方空挺でも降りて来るのですか？」

「そうです。特戦群が降りて来ます。すぐそこまで来ています！」

エンジン音も何も聞こえない。森のせいで、見上げても何も見えない。

「本当に来るんですか！」

「はい。降下開始の秒読みをしています。二〇秒を切りました」

「みんな、援護射撃用意！――。空挺が降りて来るぞ！　援護射撃用意。撃ちまくれ！」

降りたタイミングはわからなかったが、轟音が上空を横切ったことで、輸送機が通り過ぎたことはわかった。

「撃て、撃て！　敵の頭を抑えろ！」

パラシュートも見えないが、とにかく、敵の頭を抑えようと、最後のマガジンが空になるまで撃ち続けた。榊は、銃を放り投げると、腰のピストル・ホルスターから、H&kのSFP9拳銃を出して、撃ちまくった。

敵が、明後日の方角へと応戦し始めた。滑走路の東西側へと向けて撃っている。

だが、その攻撃への反撃は凄まじかった。まず擲弾が雨あられと撃ち込まれ、ミニミではない軽機関銃が連射される。アサルトの出る幕もない。

仕舞いには、さっきまでこちらへ銃をぶっ放していた敵が、銃を放り出して滑走路を渡ってこちらに逃げ込んで来るほどだった。

いったい、この凄まじい火力は何だ!……、と思った。

銃撃戦が完全に収まると、最後に、C-2輸送機が着陸してきた。担架を持った隊員が出て来る。

「小隊長さん、重症者がいたら、直ちに回収し、ヤキマまで運ぶそうです。ひとまず、味方だけで良いと」

と土門が声をかけた。

「ああそうだった。負傷者だ!」

貫通銃創が一人。一番酷いのは、ロケット弾の破片を肩に喰らった隊員だ。ざっくりとやられて出血が酷かった。すでに空挺のメディックが現れて応急手当していた。

一個小隊を率いて空挺降下して来た小隊長の原田拓海(たくみ)三佐は、トリアージをし、負傷者を応急手当して担架を機内に運び込むよう命じた。

ヘッドランプを点した土門書記官が現れ、「ご苦労様です!」と歓迎した。

「ご無事で何よりです」

「あの人、何か言ってました?」

「ああ。自分は二番機でしたので。あの機体に乗ってらっしゃいますよ。ただし、自分は感心しません。ここは外交官がいるべき場所じゃない」

「倒れた住民ら、どうしましょう？　彼ら真顔で、てっきり解放軍兵士と戦っているつもりだったと言っているのよ」

「そんなものでしょうね。誰かがそう吹き込み、信じ込ませた。こういう時のデマは、あっという間に拡散し、しかもみんな真に受ける。彼らももちろん手当します」

「あ、肝心なこと！　お祝いが遅れましたけれど、奥さん、オメデタだそうで」

「ああ、はい。どうも……」

五〇名以上の敵、アメリカ市民が自衛隊と戦ってそこで戦死したが、その事実は、しばらく伏せられることになった。

東の空が白み始めた頃、指揮車両と補給物資を降ろしたC‐2輸送機は、負傷者を乗せて離陸して行った。負傷者が多すぎるので、ヤキマではなく、いったんシアトル空港へと向かうことになった。

滑走路脇には、倒れた敵がまだその場に放置されている。更に明るくなると、凄まじい撃ち合いの跡が露わになってくる。

土門陸将補は、滑走路端に整列した幹部を閲兵した。後藤一佐の隣に、酷い身なりの娘が立っていた。全く似合わない鉄帽に、顔は泥だらけ、膝も泥だらけ。しかもあちこち擦りむいて怪我している。

「なんで文官ごときが連隊長の左隣に立っている？」

「外務省は格上ですから」と娘ははっきりと言った。

「一佐殿より、二等書記官の方が偉いのか？」

「そうです！」

「やれやれ……。後藤一佐。正式発足前の連隊を率いてよく戦った！　こんな場所で何だし、私は水機団長でもないが、隊旗を持ってきた。授与する！――」

あり合わせの旗竿にくくりつけた第3連隊の隊旗が、土門の手から後藤一佐へと授与される。

「これをもって、正式に水陸機動団第3連隊が発足したものとする。ああだが、作戦の前後にも気を配るべきだな。避難民を乗せた車が途絶えたことで、背後で何かが起こっていると気付くべきだったぞ？」

「はっ！　自分の判断ミスであります。慢心しておりました」

「よろしい。それから、榊一尉。君は実に八面六臂の活躍だった。山火事現場への降下からずっとスキャン・イーグルで見守っていた。本国から、君たちに指示していたのは私だ。

　君は、常に正しい判断と入念な準備、そして幸運を引き寄せる運の強さで部下を救った。向こう三〇年、君が数多の危機を無事にくぐり抜けて生き延びて出世するようなら、幕僚長に辿り着けるだろう。しかし、うちの部隊に来たいなんていうなよ。そこで出世は終わるからな」

「はい！　どの部隊のことを仰っているのか全く存じませんが！　光栄であります」

「うん。まあ間に合って良かった。ひとまずヤキマへ引き揚げよう。解散だ――」

　土門は、踵を返して引き返そうとしたが、士官の背後に並んだ下士官に気付いて立ち止まった。

「ああ、工藤さん！　娘は無茶言って迷惑掛けなかっただろうね？」

「とんでもありません！　お父上の薫陶を受けて、さすが先読みが出来る勘の良いお嬢様です」

「有り難う、外務省に代わって、いろいろ詫びておきます」

「む、娘だって？……」

　と後藤が絶句した。誰かが、「似てない！」と呟く。

「そうなんだ。みんな似てないと言うんだけどな、大きなお世話だ……」

「ひょっとしたら、お嬢様に対して、若干の無礼があったかも知れません。お詫びします！　陸将補」と後藤が苦虫を噛んだような顔で詫びた。

「構わんよ。君が相手にしたのは私の娘じゃなく、外交官だ。私なら我慢できずにぶん殴っている。さあ引き揚げるぞ。この危機はまだまだ始まったばかりだ。先は長い」

土門は、エイミーに乗り込み、ヤキマへと向かった。

その日、合衆国西部が夜明けを迎えるまで、軍隊や警官隊と衝突したことで、アメリカ市民の多くが銃弾に倒れることとなった。

アメリカ各地に展開するNATO軍部隊を、ロシア軍が攻めて来た！　と吹き込まれて交戦した連中もいた。数多の流言飛語が飛び交い、夥しい血が流れていた。


ヴァイオレットが乗る〝イカロス〟は、朝陽が上る前に、ヤキマの街を挟んで演習場の反対側にあるヤキマ空港に着陸した。すでに自衛隊のKC-767空中給油機が着陸し、カーゴ・ルームに搭載していた物資を降ろし終えた所だった。

ヴァイオレットは、捕虜を尋問するためにいったん機体を降りたが、まだ到着していない自衛隊が、解放軍と勘違いした住民らと激しい銃撃戦になって足止めされたと聞いて驚いた。

しかも、最終的に、その住民の犠牲の数は半端ない数に上っていたことにも驚いた。

「彼ら、本当に解放軍と勘違いしてのことなの？」

「それはないでしょう」

とバスケス中佐が言った。エプロンで、車椅子のヴァイオレットを守るために、アサルトを持った海兵隊員二名を配置していた。

「盗まれた選挙というスローガンと同じですよ。別に誰も信じてはいないが、それが行動を起こすための大義名分になる」

軍用トラックの隊列がエプロンに入ってくる。いつもは客の預け入れ荷物を載せているトラクター・ドーリーが、小さなコンテナをいくつか乗せてこちらに走ってくる。

その先頭に、日本車のワンボックス・カーが走っていた。車列が止まり、土門陸将補が降りて来ると、ヴァイオレットは、滅多に見せない笑顔で出迎えた。

土門は、ヴァイオレットの前で片膝を突いて恭しくお辞儀した。

「やっとお目に掛かれた！　ヴォイオレット、M・A。ミライ・アヤセ。何と呼べば？」

「ミライと呼ぶことを許します、将軍」

「お望みのものをお持ちしました。われわれの戦闘糧食、六〇名六食分と、ピザを少々。戦闘糧食は、少しカロリー過多なので、一日一食で十分でしょう。ピザは、温めて下さい。いずれも日本人向けの味付けなので、皆さんのお口に合うかは保証できませんが」

「何から何まで申し訳無いわ。いろいろお詫びします。酷い状況で……」

「この状況は、もっと悪化するのでしょうね？」

「残念ながら、こんなのは序の口です。ロシアはアラスカを奪いに来るだろうし、中国も要注意よ」

「ええ。西海岸沖で、中国の空母艦載機の歓迎を受けました。日本としては、アメリカがどの程度の軍事的援助を求めるのか、政府が知りたがっています」

「今すぐ、ありったけの戦車を一番速い貨物船に乗せて出発させて下さい！　絶対に必要になります。自衛隊を襲ったアメリカ市民は、例外ではありません。この国は、間もなく内戦状態に突入します。同胞同士での殺し合いが始まる。南北戦争が起こることでしょう」

「食料医薬品、太平洋を越えて大量に送り込めるよう政府に進言します。自衛隊部隊もまだまだ入ります。あと、ここだけのお話ですが、逃げ延びたロシア兵、たぶん彼らがリーダー格だと思いますが、今、部下に追わせています。まもなく捕縛なり殲滅できるでしょう。下っ端のロシア人捕虜は、私の錆び付いたロシア語で尋問してみましたが、口を割るには時間が掛かるでしょう。しかし荷物は結構なお宝もので、ノートの類いも入っていました」

「何から何までご免なさい。気が滅入るわ。父は生涯を冷戦に捧げてわれわれは完全勝利したのに、私の時代で全てをふいにした。それも内側から破壊したのよ？」

「時間は掛かっても、建て直せますよ。そのためにわれわれが協力できるのは光栄なことだ」

タラップの上から、カーソン少佐が合図して呼んだ。

「では将軍、またどこかで。密に連絡を取り合いましょう」

「ええ。お願いします。あと、司馬が、お父上によろしくと。今年の冬はアスペンに保養に出向くかも知れないそうです」

「あらそうなの。それまでに平和が回復することを祈るわ」

土門は立ち上がり、敬礼して指揮車へと戻った。

ヴァイオレットは、またバスケス中佐に背負われて〝イカロス〟の会議室へ。機内ではもう、レンジで温めたマルゲリータ・ピザの匂いが漂っていた。

第八章　崩壊へのカウントダウン

ヘンリー・アライ刑事とルーシー・チャン捜査官は、ベッドルーム一つしかないモーテルで、身支度を調えながら、早朝のCNNテレビを見ていた。

アライ刑事は、まずコーヒーを飲み、チャン捜査官は、本部からあれこれ指図してくるメールをスマホでチェックした。

アメリカのテレビ全局、もちろんヨーロッパのテレビ番組も、ホワイトハウスを包囲する群衆の絵を遠巻きに撮影していた。

夜が明けても、その包囲の輪が小さくなることはなかった。首都警察は、ついに催涙弾を撃ち尽くし、今は消防車を出して放水で解散させようとしていたが、群衆の中からたちまち銃撃を受けて犠牲者を出し、その作戦を断念した。

協力してホワイトハウスを守る海兵隊と英国軍海兵隊は、時々群衆に向かって実弾を撃っていた。そのことで、イギリスでは、「やりすぎだ！　これはアメリカの問題であって、英国軍が介入すべきではない」といった批判も相次いでいた。

チャン捜査官は、外のランドリーで洗ってきた洗濯物を回収して着ていた。

「ええと、私のこのシャツは前々日着ていたものだし……」

と鏡の前に立った。

「キスマークとかどこにもないわよね？」と襟回りや袖口をチェックする。

「私たち、早すぎたと思う？　出会って三日で寝るなんて？」

「二人共大人じゃないか」

「そうよね！　貴方は昨夜、自宅に直行した後、途中で避難民の整理に呼び出されて帰りは遅くなり、寝ていた父親とは会っていない。シャツを着替える暇も無かった。私はモーテルに直帰して、メールをいくつか片付けていつも通りに寝たという設定で良いわよね？」

「そんなの無駄だよ。相手は凄腕のプロファイラーだよ。瞬きしただけでばれる。ニックは何も言わないさ。彼は大人だ」

　アライ刑事も、洗ったばかりのシャツに袖を通した。

「互いのシャツや下着までを一緒に洗ってしまったけれど、深い意味はありませんから。いろいろ節約するためです」

「そういうことは、気にしない。僕が気にしているのはさ、何というか、アメリカが壊れようとしている時に、僕ら、こんなことしてて……」

「ウクライナ人だって、侵略されて戦っている後方で、子作りに励んでいたわ。日系人も中国人も、アメリカで過酷な経験を繰り返してきた。私たちの生存本能が、たぶんそうさせているのよ。危機に晒されるほど、強く惹かれ合うように遺伝子に刻まれている」

　身支度を調え、銃のホルスターをベルトに通してテレビを消した。

　チャン捜査官は、ドアを開ける寸前、「ちょっと待って！」とアライ捜査官を抱きしめた。

「この平和が永遠に続けば良いのに……」

「今日も悪い奴を追い掛けて、留置場に放り込む。そして無事に帰る。それが警官の日常だろう」

「無粋な男ね……」

と胸に頬を埋めてみた。

「あ、やばい。君の香水が移っちゃった。みんなにばれるぞ」

「それ、マジでやばいわ！」

車を出すと、まるでどこかから見張られていたかのように、ジャレット捜査官から電話が掛かってきた。朝飯がないから、どこかで何か手に入れてきてくれとのことだった。

そう言えばモーテルの自販機もほとんど空だった。スナック菓子の類いしか売っていないのに。アビリーン警察でジャレット捜査官を拾う。玄関ホールでは、地元テレビに州知事が出て声明を読み上げていた。

ダラス・フォートワース空港の機能が麻痺している。今後、フライトプランの承認がない航空機の受け入れは中止し、従わないものは撃墜する。航空機としての緊急事態宣言も無効であると。

「そんな状況なのですか？」とジャレットに聞いた。

「ああ。テキサスだけがまだ電気があるということで、全米中から飛行機が飛んでくる。単発機から金持ちの双発ビジネス機まで、管制塔の許可もないまま誘導路にまで着陸し、その機体は、客を降ろすとすぐ飛び立って行く。でまた他州の辺鄙な飛行場にこっそりと着陸し、大枚払った金持ちを乗せて、また同じことを繰り返す。

明け方、それで滑走路上で衝突事故が発生し、一時間閉鎖された。アビリーン空港も一晩中、飛行機が着陸していたぞ」

オデッセイに乗り込むと、ジャレット捜査官が、助手席から後ろを振り返った。

「チャン捜査官。今日は香水というかヘアスプレーなのか、ちょっと昨日より臭いがきつくないか？」

「いえ、普段通りですよ。朝一だから、たぶん一番臭いがきつい時間帯なんですよ」

「ああ、そうだな……」

ジャレット捜査官は、自分のザックを開いてコピー用紙を取り出した。

「プリーズと付けたお陰で、ＮＳＡから返事が来たぞ。アクセス不能なサイトをプリントしたコピー用紙が届いた。必要な情報は全部ここに記載されている。ワシントンはあんな状況なのに、彼らは日常業務が回っているらしい」

「これで助かります。まずは近場から回り、当時在職していた者の名前を聞き出し、証言を当たりましょう」

ラジオを点けると、丁度カリフォルニアからのレポートが始まっていた。ロスアンゼルスもサンフランシスコも停電しており、治安維持はそこそこらしいが、詳しい状況は伝わってこなかった。

政治家の声明が流れていた。

「……アメリカは、宗教も価値感も違うものたちが、新天地としてここに集い、築き上げた国だ。その対立は根深く、今後も消えることはないだろう。だが、殺し合うことはない。奪う必要はない。私たちは、明日の再生を信じて行動しようではないか？　それぞれの信じる宗教において、恥じることのない行動を取って、隣人に手を差し伸べようではないか……」

「この人、今凄く人気がある政治家ですよ」

とチャン捜査官が言った。

「カリフォルニア州の下院議員で、結婚して子供もいるけれど、トランスジェンダーを公表している。ゼロ歳で、養子縁組で韓国から貰われてきて、育ての親は中国人。親の仕事の都合で全米を転々とし、三ヶ月と同じ学校にいたことはない。自身も親の稼業を継いだのだけど、自分の仕事を紹介する動画を公開したら、あれよあれよ、と人気が出て、民主党から目を付けられて政治家に。血の繋がらないお姉さんを事故で亡くし、薬にも走ったけれど、夜学に通って学位も手にし、今はこうして州民のために尽くしている」

「そのパク議員て、でも本名じゃないんだよね？」

とアライ刑事が言った。

「ええ。何しろ彼はゼロ歳で貰われたから、自分の本名なんて知らない。動画デビューする時につけたあだ名でしょう。大統領選の台風の眼で、次の大統領選では、加州は彼を推すとみられている。弁舌爽やかで、いろんな意味でマイノリティだから、アメリカ初の黒人以外のマイノリティ大統領になるかもよ。初のアジア系大統領に」

「チャン捜査官も期待しているのか？」とジャレット捜査官が聞いた。

「もちろんです。惚け老人の大統領にはもう懲り懲りです。欲深なだけの検察官出身も嫌だし。そろそろ、アメリカにもアジア系の大統領が出て良い頃だと思いません？」

「さあ。私は人種では投票しないからな」

「彼をプロファイルしてみたらどうですか？」とアライ刑事が提案した。

「止めとくよ。たぶんろくな結果にはならないと思う。プロファイルは、大なり小なり減点主義だ。しばしば、人畜無害なただの善人をシリアル・キラーに仕立て上げるのがプロファイルだと批判される。だからわれわれは、事件に無関係な人間のプロファイルは避ける。政治家は別とは言え、その情報が一人歩きされるのも困る。チャン捜査官の夢も壊したくないしな」

「ええっ！　それじゃもう否定的な評価が下されたも同然じゃないですか？」

「今得た情報で得られるプロファイルとしては、彼が非常に粘り強い、諦めない性格だということくらいだ。政治家向きかも知れない。一方で、その動画云々の件は、懸念材料だ。自分を飾り、偽りの姿で大衆を熱狂に駆り立てる資質を持つということだからね。動画配信者の人気者は、大なり小なりサイコパス傾向を持つ……、と言ったら、彼らに怒られるだろうが。それも政治家向きだな」

　心なしか、幹線道路は渋滞が始まっていた。ダラスへ向かう上りも、スウィートウォーターへと向かう下りも両方混雑している。そして、ガソリン・スタンドには長蛇の列だ。州は、ガソリンが尽きることはない、と繰り返し声明を出していたが、この需要では、あっという間に流通分まで食い尽くすだろう。

　精製所の生産力には限界がある。たぶん一両日中にガソリンは底を突くだろうと思った。

　そして、今日もまた気温が上がりそうだった。もしこれでテキサス州で電気が落ちたら、数万人規模の熱中症死者を出すだろう。

　帰ったら、普段より水を確保しておかねばとアライ刑事は思った。


　ジョーイ・西山こと西山穣一とソユン・キム夫妻のシーフード・レストランは大賑わいだった。肝心の魚はほとんど届かない。仕入れ業者と今朝から何度も電話でやりとりしたが、どこもそれどころではないということだった。

　今は、知り合いの漁業関係者を当たっている。テキサス沖で採れたありふれたシートラウトでもエビでも良いから、シーフードと名が付けば何でも高く買うと持ちかけていた。だが、今年はトロール漁のエビですら不漁だとのことだった。

　夫妻は、幹線道路沿いに出店を出して、塩結びのおにぎりと、ペットボトル一本をセットで売りまくっていた。正直、飛ぶように売れた。最初は、ダラスへと向かう上り車線沿いで売っていたが、こいつは成功すると思って、高校生バイトを雇って下り車線側でも売り始めた。

「電気釜、ウォルマートで売っているだろう。あと五つくらい焚いて……」

「米が尽きるわよ」とソユンが首を振った。

「米なんて加州米がいつもウォルマートに積んであるじゃん」

「今はそれすら無いのよ。みんな買い占められて」

「こんな状態で言うのも何だけどさ、アメリカ人、ライス食わないじゃん！」

「ピザもパンもなくなったら食べるわよ、こうしてね。でも、ただの塩結びのおにぎり二個に、七五〇ミリ・リットルのペットボトル一本で三〇ドルは暴利よね。一個十三ドルのおにぎり。一個二千円のおにぎりなんて日本人が聞いたら卒倒するわよ」

　ソユンは、テーブルの下に隠した現金の束に視線をやりながら言った。まだカード決済は生きているが、スマホの電子マネーはいくつか落ちたままだった。

「発展途上国から見ればそうだろうな。日本からの旅行者は、もう五番街のファーストフード店で朝飯なんて食えないというから。国が没落する。その事実に気付かない、見えないふりをするって恐ろしいことだよ。ザマァみろだ。そう言えば、さっき、フロリダのタシロから電話があったんだ」

「あら、あの人まだアメリカだったの？　もう帰国して良い頃じゃない」

「こっちでドル建てで給料を貰いたいから希望して留まったって話だった。いよいよ避難するしかない、そっちへ行って良いか、って言うから、必死で辿り着けって言っといたよ」

「どうすんのよ！　家、瓦礫の山になったのに。しかもミイラまで出て来て」

「店に泊めてやれば良いじゃん。あいつは開店祝いにわざわざ駆けつけてくれた。俺はそういう義理人情は捨てたくない。困った時はお互い様だ」

「それは良いけど、フロリダから車で来るつもり？　絶対無理よ！　ガソリン・スタンドはもうあちこち空になり始めているし、渋滞しているからあっという間に燃料も電池も使い果たすし」

「州境まで辿り着けば、必ず迎えに行くと約束した」

「なんでそんな安請け合いするのよ！　せめてあたしに相談するのが筋ってもんじゃないの？」

「だから今、相談しているじゃないか？」

「あんたはずっとこれだから……」

州兵を乗せた軍用トラックの隊列が近付いてきた。

「よし！　千代丸。旗を振れ！　旗を！――」

段ボール箱に入れて遊ばせている息子に、小さな星条旗を持たせた。ジョーイは、大人用サイズの星条旗を振って兵士たちを激励した。

「頑張れー！　ロシア人も中国人も叩きのめしてやれ！――」と日本語で叫んだ。

沿道のあちこちで、同じ光景が見られた。南部軍旗もちらほら見られるようになった。かつては、奴隷制度を肯定するもので、差別的だという理由であらゆる公共施設から消えた旗だった。

渋滞にはまってのろのろと走る軍用トラックの荷台に、旦那は、ありったけのペットボトルを投げ入れてやった。

「この調子だと、こりゃ間違い無く次は国連軍がやってくるな。自衛隊もやってくるぞ！　どこか、梅干しは売ってないか？　やっぱり、おにぎりには梅干しを入れなきゃだめだろう」

「何言ってんのよ。あんなもんアメリカ人、吐き出すわよ」

「いやぁ、梅干しが入っていないおにぎりはおにぎりとは言えないぞ。なあ、千代丸も大好きだよな？　梅干し」

息子は顔をしかめて、泣きそうな顔を横に振った。

「自衛隊相手の商売も考えとこう。まずは米の確保だな……」

テキサス州は、まだ持ち堪えていた。だが、アメリカ中からテキサスを目指す避難民によって、その平和も風前の灯火と化しつつあった。

姜二佐が夜間暗闇で空挺降下して連れてきた一個分隊は、南西にレーニア山を望むケリー・ビュート展望台トレイルから降りた林道70号線を歩いていた。

男の隊員たちは、残念ながらたとえ私服を着てもとてもハイカーには見えなかった。どこからみてもただの兵隊だ。

対して、姜二佐から見ると、連れてきた新人の女性隊員二名は、日が浅いこともあって、日焼けしている以外は、普通の女子だった。自分はどうかはわからないが。

登山好きというより山女そのもののケーツーこと峰沙也加（みねさやか）三曹がいてくれたのは幸いだった。もう一分の隙も無い誰が見ても本物の山女だ。

そしてアーチこと瀬島果耶士長は、化粧道具を使って、急な登山で、ちょっとあちこち日焼けした風なメークをパパっと作ってくれた。

標高一六〇〇メートルを超えるケリー・ビュート展望台まで大急ぎで登って朝焼けのレーニア山をバックに写真を撮った。峰三曹はレーニア山に登れないことをひどく悔しがったが、これが早めに片付けば、登るチャンスはいくらでもある。

姜は、レーニア山に関する蘊蓄話を二時間も聞かされ続けた。

待ち伏せポイントに隊員を配置し、敵が登ってくる時間帯に合わせて、両手ストックで歩き出した。この辺りまで車は入ってこられる。すれ違うハイカーはいなかったが、トレイル客用のロッジがあちこちに点在していた。

ロシア人三人組は、明らかに変だった。ザックを背負っているのは一人だけ。あとの二人は手ぶらだった。しかも服はひどく汚れている。

姜二佐は、警戒するでなくハローと挨拶し、東京から来た三人組だと説明し、スマホで撮ったばかりの展望台での写真を見せた。彼らは、ドイツから来たハイカーだという。

近くのロッジに泊まっていて、でもさっき転んでしまってちょっと落ち込んでいる。荷物を置いて展望台まで登ってさっさと降りてくるよ、とのことだった。

姜二佐は、「お気を付けて」と送り出した。

一行が別れて一〇〇メートル。三人のロシア兵の思考と会話が、すれ違ったばかりの女三人の情報処理に追われていた隙に、チェストこと福留弾一曹が仕掛けた。坂道を二名の部下を率いて一気に駆け上がる。足音に相手が気付いた瞬間、今度は前方から、そして側面の藪からもコマンドが飛び出して来た。

「ここで死ぬか、降伏するかだ――」

　ロシア語遣いのボーンズこと姉小路実篤二曹が前に出て、ロシア語で警告した。

「傭兵がこんな所で死ぬことはない。君らはもう給料分の仕事はしただろう」とも。

　ゲンナジー・キリレンコ大尉は、生きて還ることが最優先だと思った。傭兵は、そうやって命を繋ぐのだ。その場で膝を屈し、頭の後ろで手を組んだ。部下にもそう命じた。

　姜二佐が戻ってくる。

「結束バンドは三重にしてね。彼らプロだから」

　走れないよう足首も縛り、三人を一メートル間隔でロープで繋いだ。

「士官としての正当な扱いを求める」

　キリレンコ大尉は、姜に向かって英語で要求した。

「もちろんです。士官も何も、捕虜は正当に扱います。あなたたちを群衆の中に投げ入れるような気の毒な真似はしません。迎えの車が来るまで、少し下まで歩きましょう。残念だったわね。あの展望台からの眺めは、本当に絶景だったのに……」

「別に構わないさ。どうせ、アラスカからこの辺りまでは、ロシア領になる。国境線は、たぶんオレゴン州の南の方じゃないか？」

「そうなの。でも貴方たち、ウクライナだって、その十分の一の土地も奪えなかったわよね？」

「ウクライナ国民全員を敵に回したからだ。だが今度は違う。アメリカ国民の半数は、われわれと手を組むだろう」

「それが起こりそうだから厭になるわ……」

　空は、綺麗だった。山火事の影響はほとんどない。その頃になって、キリレンコ大尉は、やっと自分たちの山歩きが無駄になったことを悟った。

中国初の本格空母〝福建〟（八〇〇〇〇トン）を発進した四機のステルス艦上戦闘機J‐35（殲35）は、左手にサンフランシスコ、右手にサンノゼを見ながら高度五〇〇〇メートルを東へと飛んでいた。この高度まで上がると正面から降り注ぐ朝陽が眩しい。

編隊を率いる林剛強海軍中佐は、後続の二機に護衛位置に就くよう衛星経由で命じた。音声通信は無し。三文字のアルファベットの略号を入力して送信するだけだ。

正直、こんなに易々と合衆国領土に侵入できるとは想定外だった。それなりの〝歓迎〟は受ける覚悟でいたのに、レーダーサイトのいくつかは沈黙し、沿岸部を守っているはずの米海軍の戦闘機もいなかった。

味方の空母機動部隊が、囮役を買って出てくれたこともその一つの理由ではあったが。

それにしても静かだ。サンフランシスコとサンノゼは、ほんの七〇キロしか離れていない。その中間地点を飛んでも誰も気付かないのだ。

もっとも、このJ‐35戦闘機は、エンジンが双発であることを除けば、アメリカのF‐35戦闘機にそっくりだ。下から望遠鏡で見上げても、自国の戦闘機が飛んでいるくらいにしか思われないだろう。

光学センサーが、前方を向かってくる航空機を捕捉していた。着陸するらしく、高度を徐々に落としている。

民航機はもうほとんど飛んでいなかった。カリフォルニアは電力が落ちたせいで空港はどこも閉鎖状態だ。プライベート・ジェットが僅かに飛んでいたが、彼ら富裕層にしても、逃げ出す場所がそうあるわけではない。せいぜいカナダへ飛ぶくらいのことしか出来ないが、バンクーバーはすでに避難民で溢れかえっているし、カルガリーはここから一六〇〇キロもあるし、アラスカは、たとえ辿り着けたとしてもロシアに近すぎる。単発のプロペラ機が何機か低い高度を飛んでいたが、彼らにしたところで、行く当てがあるとは思えなかった。

　林中佐は、一瞬、首を後ろへと回し、僚機が尾いていることを確認してから、翼を振って無線指示の合図を出した。

「老虎（ラオフー）より、雪豹（シュエパオ）――。応答せよ」

「こちら雪豹。大丈夫ですか？　無線を使って」

　部隊で一番若い、しかも女性パイロットの陶紅（タオホン）大尉が応答してくる。

「われわれが来たことを教える必要もある。誰かが聞いているだろうが、その解読が終わる頃には、アメリカという国はもう消え去っていることだろう」

「あれは旅客機のように見えますが？」

「そうだな。だが民航機ではない。リア式のエンジンのようだから、それなりに古い特殊任務機であることは間違い無いだろう。優先攻撃命令が出ている」

「これは……、戦争行為です」

「そうだ。考えてもみろ。つい昨日まで、アメリカ海軍の空母機動部隊は、我が物顔でわが大陸沿岸部を脅かしていた。だが、立場は逆転し、われわれが米大陸を脅かしている。その領土をこうやって侵しても、彼らは何の反応もできない。その国家の崩壊を、ほんの少し後押ししてやるだけだ。君が撃て」

「………」

　しばらく応答が無かった。

「シュエパオ！　君に撃たせる理由は、帰還途上に敵と交戦した場合、ベテランである私がより多くのミサイルを装備しておいた方が有利に戦えるからだ。それとも援護部隊と交替するか？」

「いえ。シュエパオ了解しました。敵特殊任務機を攻撃します！」

レーダーに火が入り、陶機の爆弾倉が開いて、二発のPL‐15空対空ミサイルを発射した。狙われた相手は、やはり軍用機だったらしく、直前にチャフを発射して逃げようとしたが、効果は無かった。一発は外したが、後続の一発が右主翼の付け根に命中した。

それ自体、機体は耐えた。だが、爆発で生じた破片をリア式のエンジンが吸い込み、たちまちエンジンが異常燃焼を起こした。胴体側面で発生した爆発は、キャビンの急減圧を生じ、主翼の破損と合わせて、徐々に右ロールへと入っていく。

そしてそのままリカバリーすることなく、地面へと突っ込んで山岳地帯で爆発炎上した。

「シュエパオ、よくやった！　任務完了。敵戦闘機との交戦分の燃料を残して帰投するぞ」

編隊長機がゆっくりと旋回に入る。

編隊長の林中佐も、その機体がどこの所属で、何を、あるいは誰を運び、どんな任務を帯びて飛んでいるのか何も聞かされていなかったが、戦争行為と解釈される危険を冒しても、早めに撃墜する理由があるのだろうと理解するしかなかった。

先に手を出したのは中国だったが、アメリカがその確証を得るには、まだまだ時間が掛かった。


ヴァイオレットは、離陸直前の〝イカロス〟の会議室で、押収された〝ヴォストーク〟兵士のメモやノートを、マスクとビニール手袋をして捲っていた。一枚一枚丹念に捲った。

それらを回収して降りなければならないＦＢＩ

捜査官二人が、黙ったままその作業を見詰めていた。

「これ、ほとんど全部ロシア語なのね。さっぱりわからないわ……」

バスケス中佐は、コピーを取らせることを求めたが、FBIが、これは国内捜査であって、軍の領分でもなければ、ましてやエネルギー省も無関係だと許さなかった。

「まあ、良いでしょう。どうせ分析は、FBIに委ねるしかないのだし」

とヴァイオレットはノートを閉じ、それが証拠品ケースに納められるのを見守った。

FBIがタラップを降りたのを確認してから、バスケス中佐は会議室に駆け込んだ。

「どうでした？　全ページを記憶したのですよね？」

「はい。全ページを記憶しました。あらゆる数字に、タイムテーブルも。今すぐ役立てられる情報はそうは無かったわね。パニック・センターの電話番号やメール・アドレスなど。こういう作戦だから、隣のチームに関する情報も無い。二、三、気になる所はあったけれど、FBIも数日分析すれば気付くでしょう。彼らにも手柄を残しておいてやらないと」

カーソン少佐が飛び込んでくる。

「大変です。国家核安全保障局（NNSA）のDC-9が撃墜されました。ソーサラー・ブルーも亡くなった模様です！」

「どこで？　どうして？」

「リバモアのサンディア国立研究所へ向かっていたらしいのですが、空軍は自分たちではないと言っています。海軍や海兵隊はわかりませんが、人民解放軍のステルス戦闘機による攻撃だという情報もあります」

「その情報の出所はどこよ？」

「それが良くわからないのですが……」

「冗談は止して。貴方、軍人なんだから出所不明の情報なんか持って来ないでよ。リバモアでしょう？　ローレンス・リバモア研究所。あんな守りが堅い所を飛んでいて、なんで撃墜されるのよ……」

「いずれにせよ、状況がわかるまで、離陸はしばらく待てという命令です」

「バスケス中佐。都市部を離れて、空にいた方が安全だと思うけれどどう？」

「自分は、離陸すべきだと思います。明らかに、地上に留まるよりは安全です」

「では、そうして下さい。離陸しましょう！」

〝イカロス〟は離陸し、高度を上げつつまた行きつく宛のない飛行を開始した。

エピローグ

　テキサス州アビリーンの街で、ジャレット捜査官は、アライ刑事にチャン捜査官と二人で昼飯を食べるよう言い、検視官事務所で降ろさせた。

　ジャレットは事務所には入らずに、オリバー・ハッカネン検死医の愛車に乗り、二人でアライ刑事の自宅に向かった。

　自宅に着くと、ジャレットの携帯に電話が掛かってきて、しばらく庭先で話し込んだ。

　トシローが炭酸ジュースを用意していると、テキサス州知事が、避難民の受け入れに関して、それを制限する旨の苦渋の発表を行っていた。

　周辺の諸州から膨大な数の避難民が殺到し、恐らくすでに州民の一・五倍から二倍もの人間で溢れかえっている。上下水道、もちろん電力も、テキサス州のロジスティックスが持たないので、いったん州境を閉鎖し、空港も閉めさせてもらう。これは苦渋の選択であり、解決の目処が付き次第、順次、州境を再開すると。

「どうだ？　祝いにビールでも飲むか？」

　とトシローが冷蔵庫を開けようとした。

「それはまだ気が早い」とジャレットが留めた。

「なんで気付いた？」

「三ヶ月置きの引っ越し……。土地に居着かないリフォーム業者は、そういうのが多い」

そしてジャレットは、日曜大工でリフォームのノウハウを教える動画を自分のスマホで見せた。

「これは、民主党が彼の人気に目を付けた五年前の動画だ」

「普通だねぇ。この頃、まだやっていたってことだろうか」

とハッカネン医師がぼやくように聞いた。

「LAタイムズで、長年事件記者をしていた友人がいる。定年退職したばかりで、今は女房の故郷のシカゴで暮らしているんだが、彼のことを知っているか聞いた。後日、スクープをやるという約束でね。

人間的に別に怪しい所は感じなかった。いかにも人当たりの良い政治家だくらいにしか思わなかった。ただ、姉のことが引っかかると。彼の姉は、湖で遊んでいて事故死したのだが、そのことについて触れる時、少し複雑な顔をする。それが気になったと」

「事故ではない。少年の初体験、少年にとって初の殺しだな」とトシローが断定するように言った。

「間違い無い。そこに父親の介在があったかどうかはともかく、それが少年にとってトリガー要因になったのだと思う」

「状況証拠は間違いないか？」とトシローが確認する。

「丁度、RHKの事件が起きなかった頃に、子供を二人預かって育てている。彼の会社は、政治家転進と同時に他人に譲渡されているが、この辺りで仕事した形跡はない。たぶん父親時代とは会社名が変わったんだろう。この辺りは、まだしつこく調べる必要がある」

「あとはDNAか？」

「令状を取るのは大変だぞ。もっと証拠がいる。息子たちにはいつ話す？」

「もう少し確証がいるよな。シリアル・キラーを大統領には出来ない……」

「そうは言うが、過去に、サイコパス診断された大統領って、何人いたっけな？」

テレビ・ニュースが、突然ダラス・フォートワース空港の空撮映像に切り替わった。

駐機場で飛行機が燃えていた。一機が燃え、すぐ隣に止めてあった大型旅客機に引火して爆発する。まるで映画でも見ているような光景だった。

次々と火が回り、あっという間に十数機の旅客機が火の塊となった。レポーターが、着陸拒否に従わなかった航空機が無理に降りて来て、着陸に失敗、エプロンに駐機していた機体に突っ込んだらしいと伝えていた。

今朝までは、ここテキサスだけは盤石だと皆思っていた。電気はあるし、ガソリンはもとより食料も何とかなる。だが、午後を過ぎた現時点で、そう思っている住民はもういなかった。

アメリカ全土が、文明社会を喪失しようとしていた。


〈二巻へ続く〉

ご感想・ご意見は
下記中央公論新社住所、または
e-mail：cnovels@chuko.co.jpまで
お送りください。

C★NOVELS

アメリカ陥落（かんらく）1
——異常気象（いじょうきしょう）

2023年9月25日　初版発行

著　者　大石英司（おおいしえいじ）

発行者　安部順一

発行所　中央公論新社
〒100-8152　東京都千代田区大手町1-7-1
電話　販売 03-5299-1730　編集 03-5299-1930
URL https://www.chuko.co.jp/

DTP　平面惑星

印　刷　三晃印刷（本文）
大熊整美堂（カバー・表紙）

製　本　小泉製本

Published by CHUOKORON-SHINSHA, INC.
Printed in Japan　ISBN978-4-12-501471-5 C0293

東シナ海開戦 5
戦略的忍耐

大石英司

土門陸将補率いる〈サイレント・コア〉二個小隊と、雷炎大佐ら中国解放軍がついに魚釣島上陸を果たす。折しも中国は、ミサイルによる飽和攻撃を東シナ海上空で展開しようとしていた……。

ISBN978-4-12-501434-0 C0293　1000円　カバーイラスト　安田忠幸

東シナ海開戦 6
イージスの盾

大石英司

中国の飽和攻撃を防いだのも束の間、今度は中華神盾艦四隻を含む大艦隊が魚釣島に向けて南下を始めた。イージス鑑“まや”と“はぐろ”、潜水艦“おうりゅう”はその進攻を阻止できるか⁉

ISBN978-4-12-501436-4 C0293　1000円　カバーイラスト　安田忠幸

東シナ海開戦 7
水機団

大石英司

テロ・グループによるシー・ジャック事件が不穏な背景を覗かせる中、戦闘の焦点はいよいよ魚釣島へ。水機団の派遣が決まる一方、中国からは大量の補給物資を載せた“海亀”が発進していた。

ISBN978-4-12-501439-5 C0293　1000円　カバーイラスト　安田忠幸

東シナ海開戦 8
超限戦

大石英司

水機団上陸作戦で多数の犠牲者を出した魚釣島の戦闘も、ついに最終局面へ。ところがその頃、成田空港に、ベトナム人技能実習生を騙る、人民解放軍の秘密部隊が降り立ったのだった――。

ISBN978-4-12-501441-8 C0293　1000円　カバーイラスト　安田忠幸

表示価格には税を含みません

台湾侵攻 1
最後通牒

大石英司

人民解放軍が大艦隊による台湾侵攻を開始した。一方、中国の特殊部隊の暗躍でブラックアウトした東京にもミサイルが着弾……日本・台湾・米国の連合軍は中国の大攻勢を食い止められるのか！

ISBN978-4-12-501445-6 C0293　1000円

カバーイラスト　安田忠幸

台湾侵攻 2
着上陸侵攻

大石英司

台湾西岸に上陸した人民解放軍２万人を殲滅した台湾軍に、軍神・雷炎擁する部隊が奇襲を仕掛ける——邦人退避任務に〈サイレント・コア〉原田小隊も出動し、ついに司馬光がバヨネットを握る！

ISBN978-4-12-501447-0 C0293　1000円

カバーイラスト　安田忠幸

台湾侵攻 3
電撃戦

大石英司

台湾鐵軍部隊の猛攻を躱した、軍神雷炎擁する人民解放軍第164海軍陸戦兵旅団。舞台は、自然保護区と高層ビル群が隣り合う紅樹林地区へ。後に「地獄の夜」と呼ばれる最低最悪の激戦が始まる！

ISBN978-4-12-501449-4 C0293　1000円

カバーイラスト　安田忠幸

台湾侵攻 4
第2梯団上陸

大石英司

決死の作戦で「紅樹林の地獄の夜」を辛くも凌いだ台湾軍。しかし、圧倒的物量を誇る中国第２梯団が台湾南西部に到着する。その頃日本には、新たに12発もの弾道弾が向かっていた——。

ISBN978-4-12-501451-7 C0293　1000円

カバーイラスト　安田忠幸

台湾侵攻 5
空中機動旅団

大石英司

驚異的な機動力を誇る空中機動旅団の投入により、台湾中部の濁水渓戦線を制した人民解放軍。人口300万人を抱える台中市に第2梯団が迫る中、日本からコンビニ支援部隊が上陸しつつあった。

ISBN978-4-12-501453-1 C0293　1000円

カバーイラスト　安田忠幸

台湾侵攻 6
日本参戦

大石英司

台中市陥落を受け、ついに日本が動き出した。水陸機動団ほか諸部隊を、海空と連動して台湾に上陸させる計画を策定する。人民解放軍を驚愕させるその作戦の名は、玉山（ユイシャン）――。

ISBN978-4-12-501455-5 C0293　1000円

カバーイラスト　安田忠幸

台湾侵攻 7
首都侵攻

大石英司

時を同じくして、土門率いる水機団と“サイレント・コア”部隊、そして人民解放軍の空挺兵が台湾に降り立った。戦闘の焦点は台北近郊、少年烈士団が詰める桃園国際空港エリアへ――！

ISBN978-4-12-501458-6 C0293　1000円

カバーイラスト　安田忠幸

台湾侵攻 8
戦争の犬たち

大石英司

奇妙な膠着状態を見せる新竹地区にサイレント・コア原田小隊が到着、その頃、少年烈士団が詰める桃園国際空港には、中国の傭兵部隊がＡＩ制御の新たな殺人兵器を投入しようとしていた……

ISBN978-4-12-501460-9 C0293　1000円

カバーイラスト　安田忠幸

表示価格には税を含みません

台湾侵攻 9
ドローン戦争

大石英司

中国人民解放軍が作りだした人工雲は、日台両軍を未曽有の混乱に陥れた。そのさなかに送り込まれた第３梯団を水際で迎え撃つため、陸海空で文字どおり〝五里霧中〟の死闘が始まる！

ISBN978-4-12-501462-3 C0293　1000円

カバーイラスト　安田忠幸

台湾侵攻10
絶対防衛線

大石英司

ついに台湾上陸を果たした中国の第３梯団。解放軍を止める絶対防衛線を定め、台湾軍と自衛隊、“サイレント・コア”部隊が総力戦に臨む！　大いなる犠牲を経て、台湾は平和を取り戻せるか！

ISBN978-4-12-501464-7 C0293　1000円

カバーイラスト　安田忠幸

パラドックス戦争　上
デフコン3

大石英司

逮捕直後に犯人が死亡する不可解な連続通り魔事件。核保有国を震わせる核兵器の異常挙動。そして二一世紀末の火星で発見された正体不明の遺跡……。謎が謎を呼ぶ怒濤のＳＦ開幕！

ISBN978-4-12-501466-1 C0293　1000円

カバーイラスト　安田忠幸

パラドックス戦争　下
ドゥームズデイ

大石英司

正体不明のＡＩコロッサスが仕掛ける核の脅威！乗っ取られたＮＧＡＤを追うべく、米ペンタゴンのM・Aはサイレント・コア部隊と共闘するが……。世界を狂わせるパラドックスの謎を追え！

ISBN978-4-12-501467-8 C0293　1000円

カバーイラスト　安田忠幸